顾 问＼王世华 洪永平

主 编＼潘小平

副主编＼陈 瑞 毛新红

总策划＼金久余

策 划＼潘振球 程景梁

黄永强 著

书香一脉状元城

SHUXIANG YIMAI ZHUANGYUANCHENG

全国百佳图书出版单位

时代出版传媒股份有限公司

安徽人民出版社

图书在版编目（CIP）数据

书香一脉状元城 / 黄永强著 . — 合肥：安徽人民出版社，2018.6（乡愁徽州 / 潘小平主编）

ISBN 978-7-212-09953-4

Ⅰ . ①书… Ⅱ . ①黄… Ⅲ . ①散文集－中国－当代 Ⅳ . ① I267

中国版本图书馆 CIP 数据核字 (2017) 第 303992 号

潘小平　主编

书香一脉状元城

黄永强　著

选题策划：胡正义　丁怀超　刘　哲　白　明
出 版 人：徐　敏　　出版统筹：徐佩和　　责任印制：董　亮
责任编辑：李　莉　　装帧设计：宋文岚

出版发行：时代出版传媒股份有限公司 http://www.press-mart.com
　　　　　安徽人民出版社 http://www.ahpeople.com
地　　址：合肥市政务文化新区翡翠路 1118 号出版传媒广场八楼
邮　　编：230071
电　　话：0551-63533258　0551-63533259（传真）
印　　刷：安徽新华印刷股份有限公司

开本：880mm×1230mm　1/32　印张：8　字数：150 千
版次：2018 年 6 月第 1 版　　2018 年 6 月第 1 次印刷

ISBN　978-7-212-09953-4　　　　　定价：38.00 元

乡愁深处是徽州

潘小平

家庭是中国人的宗教，乡愁是中国人的美学。

每一个伟大民族，对世界文学都有着自己独特的贡献：俄罗斯因幅员辽阔，横跨欧亚大陆，为世界文学贡献了巨大的贵族式悲悯和波澜壮阔的美感；法国文学因是摧枯拉朽的法国大革命催生的产物，充满了大革命的激情和憧憬，从而形成了浪漫主义的文学品格；十八世纪至二十一世纪，批判现实主义作为英国小说的优秀传统，一直是主导英国小说创作的主流；而中华民族对于世界文学的独特贡献，则可用"乡愁"二字来概括。"乡愁"更是一种文化、一种传统。

什么是"乡愁"？"乡愁"就是故乡的土、故乡的人、故乡的老屋和老树，是儿时傍晚母亲的呼唤，是海外游子对家乡一粥一饭、一草一木的眷恋，是诗人李白"举头望明月，低头思故乡"的怅然。中华文明绵延数千年，发展出了独特的价值体系和审美体系。李白的"举头望明月，低头思故乡"，崔颢的"日暮乡关何处是，烟波江上使人愁"，王安石的"春风又绿江南岸，明月何时照我还"，李益的"不知何处吹芦管，一夜征人尽望乡"，岑参的"故园东望路漫漫，双袖龙钟泪不干。马上相逢无纸笔，凭君传语报平安"，等等，不仅表达了悠悠不尽的思乡之情和漂泊之感，更表达了一种笼罩于具体思绪之上的对"故乡故土"的思念。因此中国人的"乡愁"，不单是对自己生活过的具体的故乡、故土、故人、故物的不舍，也是对整个中国历史、整个文化传统的感念，是浓缩了的"故国时空"，是审美化的民族情感。它不仅是地理的，还是历史的；既是个人的，也是民族的；既是情感的，也是审美的；既是具体的思念和愁绪，也是一种无形的氛围或气息，氤氲缭绕，久久不散。它可以是屈原时代的汨罗江、抗战时期的嘉陵江，也可以是苏东坡的长江；可以是杜甫的江南、李白的江南，也可以是郁达夫的江南。这就是所谓的"文化乡愁"，代表了中国人的一种历史归宿感和文化归属感。

表达和抒发"文化乡愁"，是我们组织编撰这套丛书的初衷，也是它的精神指向和情感指向。

相对于今天的人们来说，徽州是一个古老的地理概念，它包括绩溪、歙县、休宁、黟县、祁门和今天已经划归江西的婺源，以及在一定历史时期同属于徽州民俗单元的旌德和太平。进入皖南山地之后，峰峦如波涛般涌来，能够感到纯粹意义的地理给人带来的震撼。从地理环境上看，徽州自古以来就是一个独立的单元。早在南宋淳熙《新安志》的时代，徽州就有"山限壤隔，民不染他俗"的说法。所谓"山限壤隔",是说徽州的"一府六邑"处于万山环绕之中,是一个具有相对独立性的地域社会;所谓"民不染他俗",是指在一个相对封闭的地理环境中,徽州逐渐形成自己独特的风俗和民情,成为一个独立的民俗单元。从唐代大历四年(769年)开始,到明清之际,徽州的辖区面积一直都比较固定。据道光《徽州府志》卷一《舆地志》记载,清代徽州府东西长三百九十里,南北长二百二十里,如果采用现代计量单位,总面积为12548平方千米。

山高水激,是徽州山水的特点,因此进入徽州,桥梁会不断地呈现。那都是一些老桥,坐落在徽州的风景中,画一般静默。不知为什么,徽州的老桥,总给人一种地老天荒的美感。常常是车子在行驶之中,路两边的风景一掠而过。蓝天、白云,树木、瓦舍,在山区的阳光下,水洗一般的清澈。突然,一座桥梁出现了,先是远远的,彩虹一样地悬挂,等到近一些了,才能看清它那苍老而优美的跨越。这时会有一些并不宽阔的溪流,在车窗外潺潺流淌,远处有农人在歇息、牛在吃草。

不知道那是一条什么河,也不知道它最终流向哪里去,在徽州,这样叫不上名字的河流溪水遍地流淌,数不胜数。"深潭与浅滩,万转出新安",所以人在徽州,最能感到山水萦绕的美好。在徽州的低山丘陵间,新安江谷地由东向西绵延伸展,它包括歙县、休宁和绩溪的各一部分,面积超过一百平方千米。这就是我们平常所说的休屯盆地,在徽州,它甚至可以称得上是一望平畴了。这里土层深厚，阡陌纵横，鸡犬相闻，缭绕着久久不散的炊烟。迁入徽州的许多大家望族，都居住在这一带，一村一姓，世代相延。有时翻过一道山岭，或是进入一条溪谷，会突然发现其间烟火万家，那便是新安大姓聚族而居的村落了。在徽州，聚族而居是一种普遍的风俗。因此徽州的村落大多屋宇错落，街贯巷连，醒目的粉墙黛瓦，富有鲜明的皖南民居特色。徽州的街巷，也多是青石铺成，路两边的沟渠里，长年流水淙淙。徽州老屋，是中国大地最具辨识度的建筑，"有堂皆设井，无宅不雕花"，是对徽州民居的最准确的形容。"堂"指阶前，"井"指天井，徽州建筑所谓的"四水归堂"，是指将住宅屋面的雨水集于天井之中。徽州民居的各个部分，主要是门楼、门罩、梁架、窗棂、栏杆等处，都饰以各类雕刻，"徽州三雕"艺术，就集中体现在这些地方。

在徽州的村落里，耸然高出民居的最雄伟宏丽的建筑，是祠堂。祠堂是全宗族或是宗族的某一部分成员共同拥有的建筑，具有重要的社会意义。名宗右族，往往建有几座甚至几十座祠堂，祠堂连云，远近相望，是徽州一个重要而独特的现象。而牌坊是与民居、祠堂并存的古建筑，共同构成徽州独具一格的人文景观。"七山一水一分田，一分道路加庄园"的自然环境，造成了徽州人深刻的危机意识，为了生存，人们蜂拥而出，求食于四方。徽谚所谓"前世不修，生在徽州，十三四岁，往外一丢"，由此形成了一支强大的商业力量，史称徽商。徽商的经营范围，以盐、典、茶、木为主，而徽商中的巨商大贾，大多是盐商。明代万历年间，徽商逐渐取得了盐业专卖的世袭特权，他们大都宅居于长江、运河交汇处的扬州一带。明清之际，江浙共有大盐商三十五名，其中二十八名是徽商。几百年来，徽商的足迹无所不至，遍及天涯海角，在东南社会变迁中扮演着重要的角色，以至于在江南一带，有"无徽不成镇"的说法。

今天看来，徽商重大的历史贡献，在于它以雄厚的财力物力，滋育出了灿烂的徽州文化。从广义的文化范畴来看，徽州地区在徽商鼎盛的那一历史阶段，一切文化领域里的成就，都达到了当时我国、有些甚至是当时世界的先进水平。比如徽州教育、徽州刻书、徽派朴学、新安理学、徽派建筑、徽州园林、新安画派、徽派篆刻、新安医学、徽派版画、徽州三雕、徽州水口等。而这一时期，徽州的自然科学、数学、谱牒学、方志学，也都有了很大的发展，并且富有特色。徽剧和徽州菜系的诞育与形成，更是与徽商奢侈的生活方式有关，所以梁启超才在他的《清代学术概论》中，把以徽商为主体的两淮盐商对乾嘉时期学术的贡献，与南欧巨室豪贾对欧洲文艺复兴的贡献相提并论。清末民初，安徽涌现出那么多的思想家和精神领袖，是明清两代经济文化积累的结果，流风所至，一直影响到"五四"前后。

而今天，这一切还存在于大地，在新安江沿岸，至今还留有一些水埠头，比如渔亭、溪口和临溪，比如五城、渔梁和深渡……而古老的新安江也一如既往，日夜奔流，两岸的老街、老屋、老

桥，祠堂、牌坊、书院，在太阳下静静站立，被时光淬过的木雕、石雕和砖雕，发出金属般久远的光芒。而绵长如岁月一般的思绪，在作家们的笔下缭绕，给你带来人生的暖意和无边的惆怅。

徽州还好吗？老屋还在吗？曾经的徽杭古驿道，还有行旅吗？

乡愁深处是徽州，徽州深处是故乡。

2017 年 12 月 1 日

于匡南

目 录

卷首语

　　所有的旧时光其实都是生命里的长久告别，那些曾经濡湿我们梦境的画面已经没有岁月可回头。依依回首，小城剪影苍茫；斯人远去，也一同褪去曾经的风华绝代。当你老了，炉火旁打盹，怡人温暖的回忆慢慢回转，璜茅村落的炊烟、五城古镇的霞光、海阳西街的月色、状元广场的暖风、书香弥漫的人和事……会重新回到你的身体，你就那样悠然地驰骋在柔软的旧时光里。

　　而你醒来时眼角的那滴清泪，就是"乡愁"的印记吧。

※ 板桥红叶

书香一脉读书人

皇帝身边的休宁读书人

2007 年春天，我在北京中国第一历史档案馆有三个月的临时工作，这段经历后来被媒体采访，戏称我们是"潜伏"在故宫的"文化卧底"。其实，我们的进入是正大光明的，休宁县人民政府和中国第一历史档案馆有一份充满暖意的合作协议，两者将联合举办"皇家秘档与休宁状元"展览，我们是具体的寻访者和工作者。

也算是机缘巧合，更像是命中注定，休宁居然与馆藏数千万件明清皇家档案的中国第一历史档案馆有过往甚多的交流与合作，专家承认，两者的交流合作开启了皇家文化与地方文化交融互动的新模式。故宫西华门内那幢庄重朴实的大楼里，史上渐渐模糊的休宁状元面容在皇家档案里得以还原再现，依然风姿卓然。

　　北京的春天短暂而珍贵，天空纯净大气，明亮的阳光倾泻而来，街道清新透明，两旁的树木还未来得及发芽抽叶，茂密的枝条已经变得柔软，在湛蓝的天幕背景下率性招摇，有迫不及待的舒展之姿。西华门内，红色的城墙，金黄的琉璃，静静流淌的内金水河，风吹过金顶的屋脊，遥远皇家的气度神圣威严。北方的老鸹盘踞在高出宫殿的古树之上，时常发出沧桑的鸣叫。千百年的光阴在动荡与安静中流逝，时间淘洗万千世态，但总有一些不可磨灭的事物被历史收进记忆，中国第一历史档案馆就是这些历史记忆最本真的收藏和呵护。让人意外的是，记忆中有同徽州、休宁血脉相连的基因。检

※ 中国第一历史档案馆领导带休宁文化代表团参观存放清宫密档的皇史宬（2016年）

索浩如烟海的皇家档案，徽州的符号、休宁的符号如海中珍珠，在波海里沉浮，闪烁着诱人的光芒。

我和时任县地方志主任的汪顺生两人每天就像出海作业的渔民，一网一网地撒向浩瀚的历史之海，捕获休宁状元的荣光，寻觅徽州人文的真迹。从宫中朱批奏折到宫中履历折单片，从军机处录副奏折到内务府奏案，从宫中官员引见折到恭王府专题资料，随着馆藏档案一件件在眼前打开，我们呼吸到中国古代社会深邃的文化气息，得以看到明清皇宫的冰山一角，进入庞大、繁杂而又无与伦比的皇室官场，感受历史的风云际会和旁逸斜出，看到一个个风华绝代的休宁读书人……

※ 每年的状元文化周活动是休宁的大喜事

　　每天中午的休息时间，我们都从边门进入故宫，来一次奢华的"紫禁城漫步"，有时，一史馆的马德玲老师也过来陪我们散步。自然，这种游览带来的感受和一般游客大有不同。中午的故宫游人稀少，在大殿前的广场踱着步时，身影拖在清代的地砖上，周遭是巍峨的宫殿，不由得要发一点思古之幽情……马老师笑我们像是休宁乡间来京城赶考的穷秀才，笑语之间，猛然一悚，如果时间倒流回去，我们的命运大概也会有如此的轨迹吧，恍惚就化身为徽州来的学子，穿着长衫，带着包袱，夹着雨伞，提着书篮，傻傻愣愣地立在了皇宫之前，但瞥见紫禁城的眼神是倔强的，眼前只有一条路，命里也只有这一条路，这条路无疑将通往天堂。来路上的艰辛曲折，期待神往，此刻怕是都换了一种心情，乡下人的身段，读书人的心胸，人生到这里会遭遇真切的转折，是金榜题名的辉煌飞扬还是名落孙山的沮丧和悲哀？幻想破茧成蝶，也难免壮志未酬。一切都是未知，但一切很快都会有个了断。

※ 乾隆时期小金榜状元休宁人吴锡龄

　　下午开始工作，状态微妙地发生变化，不自觉地正襟危坐、凝神静气，目光似乎悠远

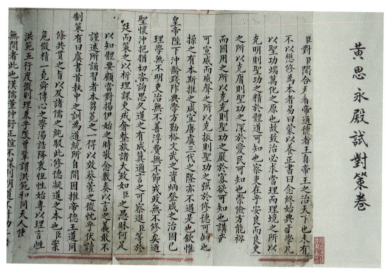

※ 光绪年间休宁状元黄思永殿试卷

起来。休宁籍状元毕沅、黄轩、戴衢亨、戴兰芬、王以衔、金德瑛、黄思永和休宁籍官员王由敦、汪廷珍、金蟾桂、戴均元、汪新、金光悌、程盛修等会在奏折、密档、典籍里复活，这些乡下来的休宁读书人，幸运没有名落孙山，他们走了一条发愤苦读、历练成材、精忠报国的大道，他们的一生都是为国家社稷殚精竭虑、孜孜不倦。事实上，不管今人用什么样批判的眼光来解读他们，这些徽州读书人其实活得很简单，他们认为的圆满人生，就是传统儒家的修身、齐家、治国、平天下，就是光宗耀祖、衣锦还乡。而这一切，都发轫于徽州乡村最初的教育，来自父母和先生的耳提面命，来自学堂里咿咿呀呀的

※ 休宁状元博物馆内的"儒学正堂"竖牌匾

读书声……

　　中国第一历史档案馆副馆长胡忠良先生曾经两次到休宁讲学，这位有着深陷眼窝的清史专家每次开场白都称自己诚惶诚恐，像是来赶考的学生。其实对于休宁来讲，胡忠良堪称"贵人"，因为他，休宁在皇家秘档里的状元得以"回归故里"，一个地方的特色文化建设似乎提升到了一个新的空间。2006 年的一天，胡忠良第一次来到休宁。他到休宁状元博物馆参观状元展览时，指着那些状元的名字和画像，轻轻说了句："这些人，我们馆里好像都有。"这句话把大家都惊住了，中国第一历史档案馆收藏中国明清两代所有的皇家档案，堪称国家级宝库，地位至尊无上，而那里面有，而且有很多休宁状元、休宁高官的档案！这句话通过一个电话，汇报给了正在百里之外一个偏远山村调研考察的县委书记胡宁。书记只发布了一道命令：无论如何要留住教授！他旋即驱车回城。我们揣度不出胡宁当时内心的澎湃，但那百多里的山路那一天一定显得很漫长。到县城时已是万家灯火，他没有吃饭，马上赶去和胡忠良会谈……历史就是这样设计的，许多事情也是从偶然发起，这就是我们去北京第一历史档案馆的起端。或者可以说，正是从胡忠良那句话开始，休宁的状元文化建设铺陈开新的场景。

好像是作为回报，后来有一次，休宁的一位老农居然把见多识广的胡忠良教授镇住了。那一次，我们陪他去蓝田镇的迪岭古廊桥参观，这一处古朴的乡村景致让教授很享受。但现场享受的不止他一人，大家发现阳光下的田野里，一位老农刚结束上午的劳作，开始吃自带的田间午餐，边吃边翻看着一本旧书，一副悠然的样子。

我们走过去一瞅，居然是本老的《唐诗三百首》！老农随意说道："干了半天农活，累了，读读古诗，解解乏。"教授露出惊异的神色，不禁脱口而出："您读得懂？"农人不以为然地看看他，说："几百年前，我们的祖上也是紫禁城中皇帝身边的词臣呢！"说罢起身，整理下衣襟，扛着农具下田干活

※ 这口状元博物馆的大钟上刻有中国历朝历代的状元名字

了，撇下教授和我们面面相觑，然后看着他远去的背影，生生地雷在那里……

这件事给胡忠良很大的刺激，回京后，他有目的性地做了一些功课，查检了关于徽州的大量皇家史料。随着阅读和研究的深入，他才发现，那个廊桥边干农活、读诗书的休宁老农果然不是在讲大话、作诳语，而是确有其事。明清时期，徽州被誉为"东南邹鲁"，读书风气很浓，人称"十户之村，不废诵读"，全社会都在忙着做这件事，学子们更是发愤读书，梦想着蟾宫折桂、出人头地。尤其休宁，堪称古代科举考试的造星工场，自宋嘉定到清光绪的六百多年间，

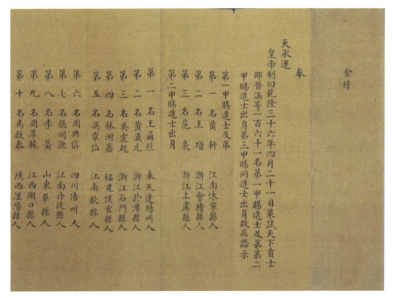

※ 乾隆时期休宁状元黄轩的金榜

一县之内出了十九位文武状元，不断博得头彩。创始于隋朝，确立于唐朝，完备于宋朝，兴盛于明清两代的中国古代科举，从隋朝大业元年（605年）的进士科算起到光绪三十一年（1905年）正式废除，整整延续了一千三百年，千年科举诞生了七百多名文武状元。如果以县为单位，大概摊到两三个县市一个状元的份额，休宁却以一县之域盛产十九位状元，实在是把别人的名额占去了很多，也就有了"中国第一状元县"这样不同凡响的名号。

胡忠良还惊异地发现，乾隆皇帝在位六十年，一共出过二十八个状元，其中休宁籍就有七位，占了四分之一。而且有意思的是：整个乾隆朝一头一尾的状元都来自同一个地方，乾隆元年（1736年）状元金德瑛和乾隆六十年（1795年）的状元王以衔，都是休宁人。另外，在乾隆盛世的巅峰时期，休宁人连续独占鳌头，从乾隆三十年至乾隆四十五年（1765—1780），其间连续产生的五个状元中有四个是休宁人，中间一个叫金榜的状元，也是休宁人的邻居歙县人，这种状元的"连号现象"让教授拍案称奇……

胡忠良自己总结道："读史的过程，简直就是一个不断汗颜的过程。"大量的档案与史料都在证明，在清代，这个深处徽州大山腹地的地方，是怎样的人才辈出而又生机勃勃！一群又一群的青年才俊纷纷离开家园，他们挥诀万安古城岩，登上横江上的舟楫，沿新安江到达当时中国最发达的江浙地区，苏州、杭州、扬州等富庶之地奔走着一个个徽州人的身影，他们在东南沿海的商贸江湖中大施拳脚，居然创造出让人匪夷所思的巨大财富，为日后家园的奢华打下伏笔，更为徽商后代的读书学习创造出优越的条件；同时，众多莘莘学子也在折别蓝桥水畔的垂柳后，留下几首离别的诗句，带着家人殷殷期盼的目光，奔赴南京，在著名的江南贡院，通过三天艰苦卓绝的考试，拿到秀才之后一个重要的科考身份——举人，这是通往北京的通行证。第二年，学子们就踏上了北上之路，经过漫长的行程，在这一年的春天到达北京，他们要靠自己过硬的功夫，在紫禁城金榜题名，然后跻身皇室之侧，成为皇帝的词臣或者重臣。

于是，我们在典籍文献里有重大发现——大清皇帝的身边，曾出现过一群来自徽州、来自休宁的读书人。

如果置身清代的北京，当时的宣南地区（今天宣武区一带）是天下读书人汇聚的地方，南方的、北方的、边疆的，各种口音杂陈，各种流派交汇，一派包容天下的景象，自然也少不了休宁读书人的身影。自从乾隆十七年（1752年）秋，汪由敦牵头盘下了碧山堂馆，主持创办京师休宁会馆后，休宁在京的文化实力和政治实力似乎到达顶峰。在这座位于半截胡同的庞大建筑里常常乡音满屋、灯火通明，在京的休宁官员、商人巨贾以及来京赶考、求学的休宁学子麇集于此，以熟稔亲切的徽州土话，商讨学问、培养乡谊，这里弥漫着乡情和乡愁，更散发着务实雅润的光芒。

有一年，北京宣武区宣传部的干部带我们参观该地的文化遗址，在最市井的胡同深处，是全国重点文物保护单位安徽会馆。会馆规模浩大，雕梁画栋，可以想见当年的风采。陪同的文化官员介绍，清代北京具有一定规模的正式会馆一共有三百八十多家，是当时的一大文化景观，其中占地面积最大的会馆是休宁会馆，比现存的安徽会馆规模还要大。这是一桩匪夷所思的文化公案，可惜休宁会馆早年被毁，连遗址都不复存在了，不免让人唏嘘。

皇帝身边的休宁读书人，代表者无疑是汪由敦了。这个从休宁溪口走出去的读书人，身上凝练了徽州人的特性：忠诚务实、勤勉聪慧。都说伴君如伴虎，他却在乾隆皇帝身边工作二十多年，深得倚重，给皇帝的印象差不多是无所不能、无所不专，可称传奇。

※ 中国第一历史档案馆的特藏库，存放着金榜等国宝级皇家文物

乾隆皇帝曾做悼诗评价他："赞治尝资理，论文每契神。"他的一生似乎就是一部徽州人励志成材的教科书。"老诚端恪，敏练安详，学问渊博，文辞雅正"这十六字还是皇帝对他的评价。雍正二年（1724年）以第二甲第一名的优异成绩考中进士，跻身重要领导干部队伍行列之后，他以恭谨的态度和过人的能力受到上司和同僚的刮目相看，入值南书房，授内阁学士，然后担任工部尚书、刑部尚书和军机处行走等重要职位，没有任何背景，却官运亨通、平步青云，是这个庞大帝国机器上一条重要的履带。但让人惊奇的是，这个思维敏捷、处事干练、为人老成的官员，虽然不苟言笑，却是一个文学方面的天才。他博览群书，诗赋词章无所不晓，人称他"文承韩愈遗绪，诗尚乐府古风"，而且书法了得，秀润隽美，功力深厚。这一身文才本领让那个对汉民族文化推崇备至的乾隆皇帝欣赏有加，所以传说乾隆为汪由敦的离世伤心落泪，也许不是虚构。

汪由敦还有一个非凡的本事，让皇帝几乎离不开他。史书上记载：他"入承旨，耳受心识，出即传写，不遗一字"。记忆力过人，文字功底了得，加上理解和领悟力的高超，让汪由敦成为记录和拟写圣旨的不二人选。有一年，乾隆外出打仗，每日"指授方略，日数千万言"，也亏得身边有汪由敦，他援笔立就，"无不当上意"。这样的读书人沉稳而睿智，尽职而忠诚，是皇帝或者说是国家分分钟都离不开的人才。

汪由敦厉害，休宁的另外一位状元也好生了得。这个人考上状元有一定的运气，却是厚德所致。考状元之前，他以举人身份考上内阁中书，类似今天在中央国务院当秘书。乾隆二十五年（1760 年），胸有大志的他参加了会试考试。在等待殿试的前夜，同样参加了会试的两位同僚要他代为值班，理由居然是他的书法不好，没有希望进入前三甲。宽厚的他没有生气，淡定地替他们值了班。在紫禁城西苑的军机处值房里，他没事就看看呈给皇帝的奏折，看到陕甘总督黄廷桂所上的一封奏折，内容是讲北疆屯田的事，素来喜欢钻研探讨的他便认真研究了一番。皇天不负有心人，第二天殿试的策论题目正是论屯田，有了前夜看奏折的底子，他的答题无疑比所有考生都有分量，很对乾隆的胃口，皇帝朱笔一圈，把他从第四名拨到了第一名，夺了当届的状元。而叫他代班的两位只能眼巴巴看他摘得桂冠，一位做了榜眼，一位考了第十一名。

这个传奇故事流传很广，大家都知道徽州休宁人毕沅忠厚得福，所以在一史馆就有意识地找他的资料看。当浏览了他给皇帝的三百多件奏折时，大家深感震惊和佩服。毕沅被后人称为诗文状元，曾主编《续资治通鉴》，在治史、诗文方面成就很高。其为官近四十年间，在地方任职时间长达三十多年，还是解决地方难题的一个高手，是治理水患、赈灾济民的好官。乾隆五十年（1785 年）二月，毕沅从陕西巡抚调至河南巡抚，乾隆说，毕沅素能办事，故调此要任。毕沅接旨出京后，雨雪交加，但他"兼程前进，俟入豫境后，即将被灾地方应行如何，设法调剂之处及各属情形迅速奏报"。皇帝回写了两行字："所爱者此尔"，"好！勉为之"。我相信这次乾隆是真的疼爱了。毕沅在陕西、河南、湖北等地当封疆大吏时，总是亲历亲为，为百姓办了许多好事。皇帝不禁在奏折上写道："有此人，可省朕劳心。"乾隆五十七年（1792 年），湖广总督毕沅上书奏折，汇报治理荆江之事，他写道："荆江万城堤自修筑完竣后，历年每届伏汛盛涨之前，臣亲赴荆州，督率地方文武妥为防护。"乾隆也真是性情中人，他提朱笔在奏折上写下了自己当时的神态："以手加额欣慰之！"

皇帝身边的休宁人不光有勤勉干练的官员，还有另类人物，黄思永是休宁状元中最具现代意识的一个。他幼年时父母双亡，历经磨难，当过教书匠，甚至造反当过太平军；后来走上了科举之路，于清光绪六年（1880 年）高中状元，任翰林院修撰，官至四品侍读学士。黄思永身在官场，却不死守封建教条，不图宦途升迁，一心致力于民族工商业的发展。他发愤钻研西方科技和文化，创立首善工厂，生产制作景泰蓝，并在 1897 年上书请求实行"昭信股票"，开中国股票的先河。黄思永的名字被我们意外地在清朝最著名的大臣李鸿章的奏折里发现。李鸿章于光绪十七年（1891年）呈给皇帝一份奏折《奏为查明翰林院修撰黄思永筹捐巨款助赈请嘉奖事》，皖籍名臣为休宁状元请功：黄思永在去夏的大水灾面前，"力筹巨款，多方拯助，数十万饥民赖以安抚，不至流离失所，其任事勇往存心利济，实为臣中所罕见"。光绪皇帝在上面批了八个红红的大字：黄思永著传旨嘉奖。但在顽固派的眼里，黄思永以状元的身份去行商，简直有辱斯文、大逆不道，在光绪皇帝失去自由的同时，他也锒铛入狱。直到1900年八国联军入侵北京，黄思永才恢复了自由身。出狱之后，黄思永仍主持工艺商局，此间还投资天津北洋烟草公司，组建北京爱国纸烟厂，着了魔似的奔波在积贫积弱的中国，践行自己"实业救国"的理想。

再来说一个皇帝身边的读书人，他就是大名鼎鼎的戴震，虽然他和皇帝的交往不多，但从读书人考功名这件至高无上的事情上说，他最应该感激的人就是乾隆皇帝。那年我们在清宫档案里查到一份乾隆三十八年（1763年）的秋季档，上面记录了皇帝的一句圣旨：举人则准其与下科新进士一体殿试。这句话是爱才的乾隆专为戴震一人说的。戴震，字慎修，一字东原，号杲溪，休宁人，生于雍正二年（1724年），出生时雷声隆隆，遂起名戴震，显而易见他不是一般人。他十岁才开口讲话，然而一旦接触书本，便显示出超人的天赋，无论诗书，还是天文地理、算学音韵，都样样精通，尤其在二十岁那年，拜大儒江永为师，为日后成为一代大家奠定了基础。然而戴震命运多舛，一生生活困顿，尤其在科考上不遂心愿，伤透了心。据说他先后参加了五次会试都落第，这对于一个胸有百万书的读书人来说，几乎是耻辱。天可怜见，后来他落难京城时结交了钱大昕、秦蕙田、纪昀、王鸣盛等京派学人，他的学问和才华备受推崇，并被当时的第一号文坛泰斗纪晓岚注目。纪晓岚深知戴震有这样一项生命不可承受之轻，就向皇帝打报告推荐他，并引导皇帝说出那句令戴震老泪纵横的话，只要编书编得好，就可以参加下一

※ 状元博物馆获赠新中国第一件哈佛博士袍（2015 年）

次殿试！因为殿试是没有淘汰的，参加考试，就是明明白白地给了一个进士的名额。士为知己者死，戴震以前所未有的激情投入到《四库全书》的编纂之中，在四库全书馆，他夙兴夜寐，呕心沥血，天文、算法、地理、文字声韵等各方面的书，均由他精心研究、细心考订。两年过去，皇帝果然践言，戴震以五十三岁的高龄走进紫禁城，参加他一生中最重要的一次考试，圆了一个读书人金榜题名的终极梦想。

无疑，皇帝身边的休宁读书人持重而有能耐、忠诚而又进取，但他们无一例外都是诗人，在他们执着、坚毅的内心，还安妥着一颗诗心。汪由敦、毕沅、查慎行、戴震，包括在商战打拼的黄思永，他们的诗赋都具大家风范。毕沅曾作这样一首诗：手种梅花一千本，冷艳繁枝绝尘俗；此花与予久自成，任教消受书生福。把这首诗送给休宁古代的读书人，也算恰如其分吧。

回到现实，那一年，我们和中国第一历史档案馆合作办的大型展

※ 作者和赵一凡先生（左）合影（赵先生是新中国第一个公派哈佛留学的哲学博士）

览"皇家秘档与休宁状元"大获成功，成为古老的状元县一桩文化盛事。在每一件展品的背后，人们分明看到了状元们文韬武略的身影，看到他们治国安邦的坚强眼神。

沈坤，在倭寇屡犯之际，捐弃家财，与吴承恩一起招募训练乡兵，保卫家乡，人称"状元兵"。

汪应铨，在钟山书院主讲多年，不求利禄，一心一意传道授业解惑，桃李满天下。

金德瑛，三任学政，四主乡试，选拔、培养了众多人才，并积极上疏，痛陈时弊，改良民生。乾隆皇帝谕称他"甚有操守，取士公正，诚实不欺，无有偏党"。

黄轩，为官刚直，不畏权贵。在奉命督办四川协济台湾用兵军粮时，因督办劳累过度，死于任上。

戴衢亨，修缮办理《四库全书》事宜，平定各地叛乱，督办山西、湖北教育。为人谨慎，好学上进，尽忠尽责，嘉庆皇帝赞他"持躬正直，学识淹通，体用兼优，忠勤懋著"。

这些休宁读书人的翘楚，都是这样全力以赴地走完自己的一生，他们理当接受我们真诚的敬意。

坐隐先生和他的客人

　　清晨，太阳刚爬上高岗山，薄薄的金光均匀地洒播开来，北边的金佛山、松萝山稳稳当当的，被镀上一层金边。但在园子里，那些浓密的树影仿佛还未苏醒过来，只是鸟雀们早就按捺不住性子，七嘴八舌地开始了晨会的讨论。坐隐先生拄着黎杖，以翘首相盼的神色，已经在门口站了一个时辰，脸上的欣悦表情依然还在。仆人们抿嘴偷笑，南京来的客人，哪能这么早就到呢？

　　这是万历三十六年（1608年）的一个秋天，徽州著名的乡贤、剧作家汪廷讷在自家的环翠堂前等候一个重要的客人。汪廷讷（1573—1619），字昌朝，一字无为，自号坐隐先生，是一位有

※ 老照片：二十世纪六十年代万安老街恬静的家居图

着隐士情怀的读书人和写作者。

四百零八年后，一个初夏的晴日，我和汪涧陪北京回来的吴浩走访万安的汪村。吴浩是休宁海阳人，曾以吴子桐为笔名，写成《徽州少年歌》一书，有着浓烈的徽州情结。如今，这位北大才子已经转型为青年徽州学人，每年都踏实地为光扬徽州文化做些实事。

车子开到村口，发现除了时空变幻，地貌也有惊人的挪移。汪村的环翠堂自然早就不见了踪影，北边已是黄山市经济开发区的地盘，连同村庄本身也已划入屯溪区。黄山高铁站就在附近，要是归隐先生那位尊贵的客人现在前来，乘坐高铁倒是便捷快速，还不用舟车劳顿——我们笑着说。

村庄安静，村口寂然，我们沿着水田走到一处小小的山水环绕之处。醉心于乡村文脉考证的汪涧经过考察，认定这是一处人工修筑的水系，是汪廷讷匠心打造的阴阳八卦山水图景。前几日下了暴雨，现在，小河里生生流动的是红色的水流，水边的草木蓬蓬勃勃，

※ 老照片：横江之畔的万安古镇（摄于民国期间）

浑然忘却了无涯时间里短促的自己，在无人关注的世界，热烈地盛开。汪涧在一旁喋喋地向吴浩介绍着这一处内里的奥秘和玄机，身旁，初夏花草的香味以汹涌之势袭过来，一瞬间竟让人有迷离之感。我抬起头，看到高处的树叶晶亮而翠绿……

那天晌午时分，客人终于到了，汪廷讷眉眼里都是笑意，他急步迎上前去，高声唤道："海若先生，别来无恙乎？"——来人便是海内闻名的戏剧大家汤显祖，陪同前来的是程伯书。三人在门口作揖问候，客人们的脸上分明都漾着欢喜。汪廷讷扯着汤显祖的手臂，大步跨入了环翠堂的大门。

从明万历二十八年到三十年（1600—1602）的三年间，汪廷讷潜心干了一件大事，就是在家乡汪村修了一座园子。这位早年以经营盐业致富，由贡生授南京盐运使及宁波府同知等职的休宁人，在官场炙手可热，却意外地不恋仕途，对戏剧情有独钟。他博学能文，创作了大量的戏剧作品，讽刺喜剧《狮吼记》、杂剧《广陵月》《种

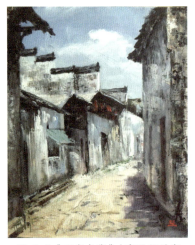

※ 油画《万安老街》（俄罗斯列宾美院朱丹 2015 年夏写生）

玉记》《彩舟记》等在业内颇受好评。汪廷讷已经在虚拟的世界营造了广阔的人生，他觉得还应该在现实的世界里安顿好自己的灵魂，于是，环翠堂花园应运而生。

这座梦幻之园主体为归隐园，规模浩大，却又精巧华美，园内亭台楼阁、假山池沼交错，小桥流水、曲径回廊相通，花草树木、蟠根藤萝相缀。汪廷讷是一位围棋高手，花园的布局设计也同下棋一般，走一步看三步，步步为营，浑然天成。园内昌公湖和百鹤楼犹如棋盘上的两只眼，清澄的湖泊和高妙的楼阁，让环翠堂充满生命活力和艺术灵气。

我们把车子开到村庄那端，下车往村庄左侧走了百十米，眼前一亮：一处秀雅的湖泊静静地呈现眼前，这就是著名的昌公湖。昌公湖以汪廷讷之字昌朝命名，湖泊细长似上弦月，四围绿树，观之便让人心旷神怡。我们沿着湖边的小道漫步，树林里清幽安静，一头黄牛立在树荫下，用温顺的眼神观望我们；几只鸡优雅地在草丛里踱步，丝毫不理会我们这些外来者；村里的狗吠声倒是传来了，让此刻的正午时光充满烟火气息。想象这条小径汪廷讷也曾带客人走过，一路鸡犬相闻，他与客人之间也定有会心的谈笑。突然间，身边的灌木丛中蹿出一只体型硕大的野鸡，一声鸣叫，拍打着翅膀，奋力飞起，掠过湖面……一时惊了之后，三人相视大笑。

但四百年前的访客汤显祖没有受到野鸡的惊吓，却受到了白鹤的礼遇。来访的第二天，他和主人汪廷讷在百鹤楼下纹枰手谈，随着云子和盘面清脆的拍打声，一阵阵白鹤的鸣叫声传来。汤显祖抬起头，发现数十只体态娉婷的白鹤旋空而下，对舞阶前，舞姿是那般优美，有两只白鹤还袅袅婷婷踱到了棋桌旁，用翅膀顽皮地扇起他们的衣袂。没奈何，坐隐先生起身以长袖轻拂，白鹤才鸣叫着散开。汤显祖看呆了，不禁叹道：妙啊！

其实，这一趟休宁之旅，对汤显祖来说，是有着疗伤的期待的。在完成了千古名剧《牡丹亭》之后，汤显祖的命运发生了许多惨痛的变故：先是二十三岁的长子士蘧带病应试，客死南京；接着他又被吏部以"浮躁"革职除名；接下来的两年间，挚友李贽和达观禅师先后被害，死于北京狱中……这一连串的磨难，使得五十九岁的汤显祖万念俱灰，晚年的他已经深刻地觉得人生无望了——但从步入环翠堂的第一步起，他觉得自己的灵魂又回来了，生命原来可以如此高妙。后来，他在《坐乩笔记》中说："抵达海阳，果见环翠之堂、百鹤之楼、昌公之湖，芝房菌阁、露榭风亭，美不胜收。"
更何况，这里的主人和他惺惺相惜，在如画的园子里，他们把酒临风、
吟诗赋词、抚琴对弈、纵谈古今，两位晚明的文化人在徽州的山水
里找到了知音，他们内心的满足和快慰我们无法揣度，但可以从他
们的连句诗中读到阔达豪迈的胸襟：

> 杰阁中天起（汤），横波大地流（汪）。
>
> 旋题山月映（程），飞阶海云留（汤）。
>
> 水际成高市（汪），江关镇帝州（程）。
>
> 人烟槛外合（汤），帆影席间收（汪）。
>
> 红日明津树（程），清风满画楼（汤）。
>
> 登临多感慨（汪），一局而悠游（程）。

汤显祖在环翠堂一待数日，乐而忘返，后经程伯书提醒，无
奈返程。恋恋不舍的性情中人汪廷讷，居然率性地做出一个出乎
所有人意料的举动：他随客人们一同离开环翠堂，一起出游！他
们经芜湖赴南京，一路吟诗联句、抒发心志，留下了一段旷古文
人佳话。显然，汤显祖的感慨更多，那首著名的五言诗句就明白
不过地袒露了他的心迹："欲识金银气，多从黄白游；一生痴绝处，
无梦到徽州。"

八年后，即万历四十四年（1616 年），汤显祖离世。而此时，

汪廷讷居然撇下了环翠堂，"豁尔顿悟"，遁入了空门，一个无所不能的生活智者，居然丢弃了人间的所有荣华富贵，悄然而去。无从知道汪廷讷的心迹，但汤显祖的去世带给他的一定是人生深深的虚空和悲哀，枯寂的禅院也会传来白鹤的鸣叫，但没有先生的相伴，这叫声是如此的孤独。环翠堂没有了主人，渐渐消弭，一如寂寞的时光渐渐模糊。所幸高明如汪廷讷，在他转身离去之时，还为我们留下了精美无比的《环翠堂园景图》版画，展开这幅画，又是另一个文化话题了。

※《环翠堂园景图》版画局部

　　结束了昌公湖的游览，我们转到了村中。汪村的大部分农舍沿山而建，缓缓的坡地上层层叠叠，和别的村子不同，房子边上是清幽的古树林和茂密的竹林，小道上随处可见残缺的石碑，这点滴的历史碎片是在告诉我们，这里曾有过的奢华过往。

　　正在村中心走着的时候，突然发现晴空里有巨大的日晕出现，后来微信的朋友圈里疯发了日晕的照片，说明大家都在仰头看它。但我们还是觉得，那一刻，巨大的日晕悬在村庄的上空，也许是为汪廷讷和汤显祖的相知相遇、为这一段徽州往事，涂抹最炫目的色彩。

※ 乡村日晕（2016 年 5 月 4 日摄于休宁汪村）

他着长袍马褂登上哈佛讲坛

车子停到门口，大家迫不及待地跳下车，疾步往校园里走，因为可逗留的时间很短，更因为心中的那份期待。当站在那座著名的雕像前，有人说话了：终于见到"哈佛"了！

美国之行尽然短暂，但这样的文化朝圣还是让人激动。眼前的这座雕像虽然是号称"三个谎言"之一：雕像的原型据说不是哈佛本人，而是临时找来的一个学生模特，但一点也不妨碍人们对他的顶礼膜拜。铜像的一只靴子被摸得铮亮，西方人直接而好玩，把中国的"临时抱佛脚"改为"临时摸佛脚"了。著名的哈佛大学校园里树木林立，阳光从树枝间掠过，却好像加剧了空气中的寒

※ 哈佛大学的哈佛雕像

意。零下十多度的校园再美，也容不得人再三逗留。"走了～"大家纷纷做撤退状，有人高声说了句："还没到燕京图书馆去看戈鲲化呢！"心里一动：是啊，抢出一点时间奔哈佛而来，不就是要看看这位家乡人吗？又有人应道："没时间了，下次来看。"车子开动，色彩缤纷的校园缓缓远离我们的视线。我知道：那个穿着十七世纪风格牧师服装、正视前方的哈佛雕像只能留存在记忆里，还有图书馆里悬挂的那幅清代照片，怕是永远也不能亲眼目睹了。遗憾！但这个人，却是徽州不容忘却的记忆。

如果时间退回到 1879 年的夏天，在美国波士顿市的哈佛大学校园里，我们会看到一道特立独行的中国风景：一位没有西装革履，依然穿着清朝官服的中国人，手里拿着一叠中英文对照的教材《华质英文》，在校园里从容不迫地行走。他彬彬有礼地和高鼻碧眼的洋学生们点头问候，脸上的神色睿智而优雅——他的名字叫戈鲲化，中国第一个向西方世界大学外派的教师，被史学家誉为"登上哈佛讲台的中国第一人"。

戈鲲化是徽州休宁人，少年的他天资聪颖、读书刻苦，尤其是官话和古典文学造诣更是高人一筹。和那个时代所有的读书人一样，读书的终极目标是为了入仕，戈鲲化在家乡顺利通过童试，获得秀才的名分，接着远赴南京参加乡试，考中举人。眼看人生的大抱负

就要实现，谁知天有不测风
云，父母双亲竟先后患病离
世，他悲痛之余也无心"应
战"，再后来的科考都以落榜
告终。接下来何去何从呢？按
照他自己的讲述："读书不成，

※ 戈鲲化当时教课的教室

从军幕府。"头脑灵通的戈鲲化拒绝科考，不在这条路上一条道走
到黑。他来到黄开榜的身边，在这位清政府平定太平军的将领府衙
当了五六年幕僚，随后又在美国驻上海领事馆任职两年，后移居宁
波，来到英国驻宁波领事馆任翻译生兼中文教师。正是这样的经历，
让他颠沛流离的生涯有了巨大的改变。十九世纪末，美国哈佛大学
决定设中文讲座，培养通中文的人才，以增强美国在中国进行商业
贸易的能力。经过考察，他们找到了有深厚古典文学修养和开放性
格的戈鲲化。光绪五年（1879 年）五月的一天，美国领事萧德在上
海总领事馆，代表哈佛大学校长埃利奥特和戈鲲化签订了任教合同。
随后，戈鲲化带着妻儿，经过五十天的航行，横跨太平洋，到达美
利坚合众国，开始了他在异国的教书生涯。这一年，戈鲲化四十一岁。

　　一切皆如做梦一般，戈鲲化漫步在哈佛校园，周遭是叽里咕噜
的洋话，放眼是异域的风景，这里的一切和徽州不同，和上海、宁

波也是大相径庭，家园实在是太遥远了，还回得去吗？戈鲲化收回感伤的思绪，拿出徽州读书人的倔劲，发誓要在美国干出点名堂。

随后的三年，戈鲲化以自己标新立异的做派和厚重的中国文化修养成为哈佛大学一道人文风景，他依然长袍马褂，坦然自信地来到哈佛的课堂，为洋学生打开一扇神秘的东方文化之门。日常交往中，导师戈鲲化变成诗人戈鲲化，任何场合，他都不忘吟诗、作诗、讲解诗，用自己"诗化"的人格魅力感染着周遭的人。他眼光独特，胸有成竹，精心编纂了中文教材《华质英文》，致力于传播中国文化诗歌的价值，哈佛大学称这部教材是"有史以来最早的一本中国人用中英文对照编写的介绍中国文化尤其是中国诗词的教材"。美国学生从他内容丰富的诗文讲解中，强烈感受了中国文化的博大精深和中国古典诗词的无穷魅力。当时的美国校方这样评价戈鲲化："作为东方教育培养出的典型代表，他把如此古老、宁静、优秀的文明带到我们这个国家。他将一个古老民族的沉静文学传授给一个迅猛发展的民族，教给我们许多东西，使我们懂得了什么是一个富有声望、内涵深刻的学者。"美国的媒体则评论："他独特的社交气质使他能够与社会各界人士交往，努力使自己能被大家接受。"在社交时，他儒雅飘逸，随口就是抑扬顿挫的吟诗答谢，完毕则微微一鞠躬而退，简直帅呆了，迷倒了大片的美国人。他们叹道："通过戈鲲化的言行，我们发现还有很多东西值得我们学习，那就是人与人之间的兄弟般的关系。"

一切都按照良好的愿望在推进，哈佛已经完全接纳了这位优雅的东方人。眼看三年的教学合同就要到期，戈鲲化的思乡情结越来越浓烈。深夜，他在书房吟哦着李白的《秋风清》："秋风清，秋月明。落叶聚还散，寒鸦栖复惊。相思相见知何日，此时此夜难为情。"秋天，是归家的时候，而现在已是初春，归乡的日子不远了。

该是天妒英才，不幸的事还是发生了。这年二月，戈鲲化因感冒而转发肺炎，多方治疗无效，竟然凄惨地客死异乡。

※ 哈佛燕京图书馆

临终前，哈佛校长去看望他，他依然表现出一个学者的严谨和担当，他向校长表达了耽误课时的歉意，又吟诵了赴美前夕写的《答陈少白巡检（兆赓）》一诗："抟风偶尔到天涯，寄语休嫌去路赊。九万里程才一半，息肩三载便回华。"吟罢，两行清泪留下，他知道，家是永远回不去了……随后，他的遗体由杜德维和其家人护送回国。但是，他带去的图书则留在了哈佛大学，成为如今哈佛燕京图书馆的首批藏书。

今天，在哈佛大学的燕京图书馆，依然悬挂着戈鲲化先生的巨幅照片，相片里的他依然着长袍马褂，安详自如，专注地凝视着每一位从他面前经过的学子，坦然地接受一座世界知名学府的永远敬意。作为一名哈佛大学聘请的学者，哈佛大学在阿普尔顿教堂为戈鲲化举行了隆重的葬礼，仪式由神学院院长主持，校长亲自参加。哈佛大学的悼词给了戈鲲化这样的评价："我们在中国大圣人孔子身上可以发现类似的品质。"

※ 悬挂于哈佛大学燕京图书馆的戈鲲化照片

戈鲲化从徽州大山之中的休宁走出，带着徽州特有的文化气息和精神气质，义无反顾地做了中西方文化交流的先驱者。这独行的一路尽然孤独，但风光无限，满眼精彩。

有个状元不想当官

归隐是中国传统文人的大欢喜，是他们深藏心中最美的梦。

很久以来，他们身陷各种名利是非场，总觉不顺心和不适意。恶俗的官场，势力的小人，倾轧的人事，无聊的应酬……一切的一切，

※ 瑶溪村内的老房子

让他们厌恶，让他们不屑，更让他们无奈而黯然。

在寂寥的朗月之夜，他们禁不住自我发问，眼前的生活难道就是自己寒窗苦读、孜孜矻矻所追求的吗？周遭净是些对权贵谄媚、对贫贱狰狞的嘴脸，修身养性、治国平天下的理想与豪情在现实面前是那样无能为力。

他们走进书房，书香一如既往地浸来，摩挲着那些俊美的书画，翻阅那些优美的辞章，心绪马上变得悠然而纯粹，他们叹一口气，思绪不由得回到了故乡，故乡的黄花连着天际，故乡的碧水泛着清波，村头林木森森，村尾翠竹亭亭，空气中荡漾着微醺的暖意……这一切是何等地让人快慰舒坦！他们喟叹，何必为"三斗米"或一顶"乌纱帽"而远离优雅悠然，而掉进人事的漩涡和庸俗的泥淖呢？

终于，他们说服了自己，从平庸险恶的官场决然地引身而退，抽身而走，把热闹和富贵抛在了身后。"舟遥遥以轻扬，风飘飘而吹衣。"归去来的路是这般美妙而自由。陶渊明说："田园将芜胡不归？悟已往之不谏，知来者之可追，实迷途其未远，觉今是而昨非。"正是对他们深情的召唤啊！

果然，有个状元就不想当官，他要回家！公元1702年的初春，休宁籍状元戴有祺行走在归乡的路上，徽州的山水明媚清丽，如同画中漫游，戴有祺有一种陶醉的满足感。这次回乡对于戴有祺来说，是真正意义上的回家,从此,他将远离官场,在家乡过隐者的生活。

　　十年前,即康熙三十年(1691年),正当壮年的戴有祺梦想成真,一举考中状元,成了令天下读书人羡慕不已的蟾宫折桂者。戴有祺被授翰林院修撰,掌修国史,人生的壮丽场景正徐徐向他打开。然而,大幕打开后,戴有祺收获的只是失望和郁闷。学富五车、诗书俱佳的他在官场却处处碰壁,率性自由的天性苦于繁文缛节的束缚,刚直不阿的性格悖于逢场作戏的规则。戴有祺来到京城,穿上官服,原想施展拳脚,为国效力,不想却陷入欲罢不能的境地,渐渐地要沦为一个平庸的官。就在这时,一件事深深刺痛和触动了他,由于不善打理人际关系、不屑结党联盟,在朝廷的官员考评中,戴有祺

※ 故乡的山水

被评为不称职，贬为候补知县。

徽州的状元哪能受此大辱？一怒之下，戴有祺动了数年来藏于心中的念头：辞官回乡。从终点又回到起点，沿着十年前进京赶考的那条道，状元回到了故乡瑶溪村。

碧蓝的率水悠悠地从村庄旁边流过，看着这条宁静秀美的河流，戴有祺再一次觉得自己的抉择是正确的。他谢绝了当地官员富绅的邀约，谢绝了为他准备的豪宅美居。就在率水能映照到的地方，归乡的他为自己盖了一幢简易的房子，不事声张地依偎在青山脚下。房子取名"慵斋"，"慵斋野老"便成为戴有祺此后心仪的一个自号。

※ 瑶溪小牛的凝视

从此，状元过起了纵情山水的诗酒人生。

每日里，"慵斋野老"同二三老友一道，喝酒、吟诗、作画，纵古论今，逍遥自在地在乡间的风景风俗里寻找诗情诗兴。或者去往"慵斋"旁边的园地，亲自种一点蔬果和花草，借助与泥土的亲近，体味收获的喜悦和农人的甘苦……他的淡泊性情和空灵心境终于在徽州找到了归宿。

坐在"慵斋"的院落里，又看到那条清丽的河流缓缓流动，阳光干干净净地铺满院落，几盆小花盛开，几只小鸡鸣叫，戴有祺觉出生活的安宁和人生的幸福。不经意间，他想起那些还在高堂庙宇之上趾高气扬的权贵们，不由得在嘴边浮起一丝嘲讽的笑。

"有径皆芳草，无人自落花。忽经一夜雪，不辨对门山。遇雨溪添水，新晴云吐山。不辞邻舍酒，懒答故人书。听雨堪清暑，看书当养病。"这般简单而高妙的诗境只能在陶潜的诗里才能遇到。事实上，戴有祺的精神追求和审美取向和陶渊明一脉相传，他纵意诗酒的隐者生涯正是中国传统文人傲视权贵、返朴自然的真实写照。

在故乡，戴有祺的灵魂得到极大的抚慰和满足，诗文创作文思泉涌，为后人留下了《慵斋文集》《寻乐斋诗集》等一批珍贵诗文，留下了一段耐人寻味的归隐生活，更留下了一个中国纯正文人傲然的身影。

弃官回乡只为孝亲

在休宁县溪口镇，有一个别致的古村落，叫"晒袍滩"，这里曾发生过一个动人的孝亲故事，让这个古雅的村落更加意蕴深厚。

"晒袍滩"村名的由来大有名堂。相传当年乾隆皇帝微服私访下江南，一日从此村经过，不料天降大雨，包括皇帝在内的一行人都没带雨具，全都淋成落汤鸡，被老天爷滞留在了村内。雨停之后，太阳出来，潇洒的乾隆脱下身上的龙袍，在河滩上晾晒——顺理成章地，"晒袍滩"由此得名。

※ 徽州大墓

※ 这个碑文把一切都交代得很清楚了

今天，我们走进晒袍滩，看到的是一个小巧而美丽的村落，不多的房舍散落在小河的两侧，绿树成荫，花香扑鼻，犹如世外桃源一般。走过晒袍桥，右拐是一条僻静的山谷，沿着山道上行数百米，一座庞大的古墓赫然眼前。

这座古墓坐落在山腰之上，巨大条石垒砌成台基，足有十多米高，三层拜台，庄严肃穆，占地两百多平方米，古木环绕，气势壮阔。这座墓的墓主是清代商人凌右文和他的夫人汪氏孺人。游人到此，都会发出疑问：一个商人，怎么会有如此壮观庞大的墓葬呢？在墓碑上还刻有一行字："赐进士出身兵部左侍郎奉旨还籍侍养愚丹侄如焕顿首拜题"，原来，墓主凌右文虽是个普通的商人，但建墓者凌如焕是清代的一位高官，时任兵部左侍郎。这样一座古墓，背后还藏着一段孝道的故事。

凌如焕，字琢成，号榆山，1681年出生于溪口晒袍滩村，自幼聪慧，勤奋好学。不幸却父母早亡，凌如焕成了可怜的孤儿。幸好他有一位好叔父，凌右文待凌如焕如亲生儿子，婶母汪氏也对小如焕疼爱有加，在他们的悉心培育下，凌如焕健康地成长。

凌右文家境殷实，得益于他早年在上海一带行商，积攒了丰厚的财富。也得益于此，凌如焕自小衣食无忧，还接受了良好的教育，他懂事、勤勉，很快在同龄人中脱颖而出，不到二十岁，就是当地名气很大的秀才了，等他轻松地拿到举人的身份后，康熙五十四年（1715年），三十四岁的凌如焕迎来了人生中的一次辉煌巅峰。这一年，他考上了进士，成了人人称道的天子门生，被授翰林院庶吉士，后担任湖北学政一职。乾隆元年（1736年），担任兵部右侍郎，四年提为会试总裁，兵部左侍郎，位高显赫。这个从徽州大山走出去的读书人，以自己的天资、努力和坚持，成为乾隆年间的重臣之一，成为光宗耀祖的骄傲。

但在凌如焕的心中，官职爵位尽然重要，但亲人亲情更加珍贵！凌如焕一直不忘叔父叔母的养育之恩，每隔几年都要千里迢迢回乡省亲，看望亲人。乾隆六年（1741年）三月期间，凌如焕总是心绪不宁，分外思念家乡。果不其然，老家传来消息：叔父凌右文病重。他赶紧向皇帝告假，要回乡侍奉。乾隆早就知道凌如焕是个孝子，很快准假，并嘱咐，如果老人康复，一定要快速回京供职；如果病情需要更长时间的调养，必须另外写奏折上报。乾隆格外强调"兵部侍郎，且不必开缺"，也就是明白地说，这个重要的职位必须无条件地为凌如焕保留，乾隆皇帝对凌如焕的倚重和关爱可见一斑。

凌如焕急匆匆地赶回晒袍滩，卧床养病的叔父见到他，不禁老泪纵横，对他说："如焕啊，难为你了，朝廷更需要你啊！你就回去吧。"凌如焕坚决地说道："忠孝不能两全，人活天地间，既要为国家出力，更不能忘了尽孝的本分。你就安心养病吧。我不会回去的。"从回乡的第一天开始，这位官居兵部左侍郎的高级朝廷官

※ 这一堵坚实的墙挡住了多少岁月的流沙

员，就像一个普通的农家子弟一样，守在叔父的病榻边，端药递水，日夜操劳。天气好的时候，他就把老人背到太阳下，叔侄俩晒着山里面干净的阳光，说说过去的光阴、过去的人事。

转眼三个月过去了，年逾八旬的叔父虽然心情愉悦，但病情还是没有好转，甚至每况愈下。凌如焕下了决心，再次坚决地奏请皇帝，不光请假，还请求辞职。他说，不能因为个人的事情耽误国家的大事。凌如焕的孝心天地可鉴，乾隆皇帝不得已批准了。但历史就是这样神奇，接替他位置的竟然是同为休宁溪口人的汪由敦，后汪由敦官至吏部尚书、军机大臣，是清代一位非常有作为的治国大臣。或许从另一个角度讲，正是凌如焕为汪由敦开启了人生的重要一幕。

※ 面对青山

第二年，叔父凌右文病逝了，老人是带着幸福和满足，安详离去的。凌如焕悲痛极了，家人劝慰他，说你已经尽心尽力了，世上再孝顺的人也不过如此吧！乾隆皇帝闻知后特意赏赐重金，同意对老人厚葬。凌如焕亲自选址，亲自督造，历时一年，为叔父和叔母建起了这座浩大的坟墓。建成那天，正是立冬之日，山间的树木愈加沉郁，几片红叶被风吹着，落在青石之上，凌如焕庄重地跪在墓前，长叩不起。一群山间的白鹤凌空掠过，留下一声声凄凉的啼叫……

青山巍巍，绿水长流。时间淘洗了过往，但青山中这座庞大的古墓依然存在，默默述说着那段久远的历史，述说着那个感天动地的孝亲故事。

赤脚奔跑在万安老街的姑娘

仿佛是电影里的一帧画面：1969 年夏天的万安老街，炽热的阳光明晃晃地照射着青石板街面，但古悠的老街很快滤去了夏日的燠热，空气里充满着古朴和宁静。二十岁的朱小蔓听到队长的一声歇工哨子，迅速地收了农具，将两只沾满泥巴的光脚丫在稻田边的水沟里一摆，来不及穿鞋子，就蹦跳着来到街上，从万安下街开始，一口气往中街跑去，经过陶行知启蒙馆，穿过福来桥，气喘吁吁地来到万安邮政局的柜台前……

四十六年后的一个秋日，我们坐在北京师范大学京师大厦八楼朱小蔓的办公室里，听她叙说这段万安岁月的故事，说者动心，听者动容，穿越近半个世纪的时光带着饱满的质感，历历在目。此时的朱小蔓已经年逾花甲，依然娇美端庄、气质高雅，因为满负荷的工作，神色略有些疲乏，但眼睛里的光亮传神而敏锐。六十七岁的她是北京师范大学教育学部教授、中国陶行知研究会会长、联合国教科文组织亚太地区国际教育与价值观教育联合会研究中心主任、俄罗斯教育科学学院外籍院士，是我国一位杰出的教育学者、教育家。

朱小蔓说，她一收工就跑去邮电局，是去看看远在北方部队的男朋友有没有来信，她是去接收最亲爱人的信笺。这时的两地书是

※ 万安

她生命中的重要精神支撑。

从北京回来后，我们再次造访了万安老街，街面的石板还在，但大多已不复平坦，显然不是当年朱小蔓可以光着脚奔跑的齐整的石板路了。但邮局还在，虽然已成了熙熙攘攘的菜市场里一间存放杂物的破房子。蓦然回首间，那个斑驳锈迹的邮箱静静地镶嵌

※ 2015 年，朱小蔓和美国归来的弟弟朱小棣在万安横江之畔合影

在墙面，在遥远的光阴里，是它给予了一个远方而来的人真切的温暖和希冀。

朱小蔓生长在一个革命知识分子家庭，父亲是九一八时期投身抗日并加入共产党的知识分子。1966 年朱小蔓高中毕业，填报的是清华大学无线电系，但突如其来的"文化大革命"打破了她的大学梦。雪上加霜的是，她的家庭又遭遇了巨大的变故和磨难，曾经在南京从事地下党工作的父亲被抓，是当时南京"一号大案"的重要人物。父母身陷囹圄，稚嫩的小蔓觉得天都塌了。

这时，万安这个地名出现了，朱小蔓家有一个远房亲戚在休宁县万安镇旧市生产队，她叫潘娇仍，一名老资格的共产党员。在狱

中的父母觉得把年幼的小蔓托付给她可以放心，于是，1968年秋天，这个从未走出过南京的姑娘只身来到万安，成为旧市生产队一队的一名插队知青。

万安是一个古老的地名，这里有一条充满徽州纯正味道的老街，蜿蜒在如练的横江之畔。历史上，这里曾上演过豪华盛宴，作为古徽州重要的水埠码头和商埠重镇，万安在几百年间风姿卓然、气象万千。历史行进到二十世纪，万安显然已经衰败而凋敝，但在朱小蔓的眼里，万安是那样的可亲可爱。这里古雅的风貌、清新的风，这里淳朴的民风、厚道的乡亲，如同一处温暖的港湾，把她受伤的心灵庇护。

朱小蔓回忆这一段生活，深有感触："一个二十岁出头的年轻人，从大城市跑到农村去，很苦，很累，但是也很开心。农民对我这个来自大城市的知青特别珍惜喜爱，他们对我的关注、照顾、欣赏，使我感受到温暖，觉得自己的知识、能力、人品可以得到认同。农村生活成了我在父母受到迫害、家庭生活受到巨大冲击时另一种形式的精神补偿与支撑。因此也可以说那是我人生低潮时期的一个高潮！"

也许是出于对知识的敬重，也许出于对弱者的保护，也许就是出于天性中的淳朴和善良，万安的乡亲对这个来自大城市的姑娘关

※ 这个小卖部和五十年前并无二致（2015年朱小蔓回万安）

爱有加。每天出工的时候，大姐大婶们总要相互提醒，需要其中的一个人为小蔓带点干粮，或者米粿，或者粽子，让朱小蔓在田间劳动时都能享受到美味。每天晚上，潘娇仂的家总是热闹得很，那时万安还没有电灯，大家就聚在煤油灯下谈天说地，从西哈努克亲王、莫尼克公主的国际政治到谈鬼说怪的民间传说，话题宽泛而胸怀世界。这种徽州乡村式的聊天和聚会让朱小蔓感到很快慰，她也从中学到了许多书本上没有的知识。有时候，朱小蔓就和潘娇仂的女儿一起为大家唱歌、读报、弹月琴，简陋的屋子里充满着快乐，所以在万安的两年间，她从没有孤单的感觉。十点钟，客人散去，朱小蔓开始学习制图，当时的她有一个梦想，要给村子里修一座水电站。

当然，水电站的梦想没能实现，朱小蔓倒是实现了自己的文艺梦。后来，大家发现了她的文艺才能，就由她领衔，组织了一个"毛泽东思想文艺宣传队"，一群年轻人聚在一起，唱革命歌曲，跳红色舞蹈，演激情万丈的"革命样板戏"，老街上那间古色古香的方家大院是他们排练的地方，也是他们快乐逍遥的天堂。至今让朱小蔓骄傲的是，他们这支宣传队还去县城作过汇报演出。

一年很快过去了，朱小蔓要回南京探亲，乡亲们送上准备过年的年货，年糕、芝麻糖、冻米糖、粽子……满满一担万安的情谊从徽州运到南京。朱小蔓获准去探视父亲，监狱的空地上，父亲和一

※ 嗅到了当年的风（2015 年朱小蔓回万安）

群人被绳子捆绑着，围着圈在"放风"。隔着栅栏，小蔓大声叫着"爸爸！爸爸！"父亲好像听到了，站住，迟迟疑疑转过头来。女儿撕心裂肺地喊着："爸爸，我从万安回来了，万安的乡亲给你带好多好吃的来了！"说到这里，朱小蔓声音哽咽，眼泪夺眶而出。一室之中，所有的人泪光闪烁，心酸心痛。

在访问中，有两件事叫我们很吃惊。一件是：四十六年过去了，朱小蔓仍可以说一口地道的万安方言，在追忆的过程中，万安话的使用频度很高，她自豪地对边上的一位年轻女博士生炫耀道，我们的万安话才叫好听，不过你听不懂。另一件是：在述说万安故事时，提到当年村子里的人，她可以一口气报出十几二十个人名，"李明忠、

※ 老照片：民国年间的万安古城岩，万寿塔下就是著名的还古书院

施十斤、汪冬九、程银兰、方淑明、金观寿、汪囡宝……"这些人，待她如同亲人，从不因为她的家庭问题而对她有半点歧视，在生活中，在劳动中，点点滴滴，照应着她，关心着她。朱小蔓后来能成为一位卓有成就的学者和教育家，长期致力于教育哲学、道德教育、情感教育、教师教育的理论与实践研究，这段生活其实影响深远。无论在什么样的境地，她的心里总有对人世间淳朴情感的信赖、眷恋，对纯真的怀念，对美好的信奉，相信和感念这个世界的温暖、忠诚、侠义、正义……朱小蔓说："这些情感体验和眷恋，是我保持原有性格、人格没有扭曲的重要源泉，是我后来选择走上情感教育研究与实践之路的生活依托。"

让朱小蔓本人感到奇妙的是，她当年插队的万安，是伟大的教育家陶行知的外婆家，是陶行知少年接受启蒙教育的地方。而后来，各种因缘聚合，她成了中国陶研会的会长。只是，年轻的朱小蔓从老街陶行知启蒙馆前跑过的时候，她是无论如何也想不到，以后，陶行知这个名字和她的学术人生会有紧密的关联。

在朱小蔓关于万安的全部回忆中，这样的一个场景是她觉得最有趣的：每次她奔跑去邮局拿到来信，带着快乐走回旧市时，迎面总会遇到一群放牛娃，他们骑在牛背上，从老街那头悠悠地列队而来。牧童们手上拿着柳条，在空中漫无边际地挥舞，看到她，大家马上兴奋起来，一迭声地喊叫着：南京佬，南京佬！朱小蔓笑着站在一旁，看这群淘气的小孩用这种几乎是合唱的方式向她表示着亲近，牛群慢慢消失在老街拐弯处，但"南京佬，南京佬"的童声还回荡在街道上……

四十六年后，朱小蔓用万安方言绘声绘色地向我们模仿着牧童们的叫喊，还报出了这些孩子的小名："顺英、囡伢、喜伢、宝伢……他们现在应该也要当爷爷奶奶、外公外婆了吧。"——在北京秋日的阳光里，这一刻，朱小蔓，那个当年赤脚奔跑在万安老街的大城市姑娘，脸上绽放的是如此开心幸福的笑。

想你时你在天边

北京的交通向来拥堵，费了不少周折，我们终于来到北京中日友好医院。老人的女儿阿丽在门口候着我们，一行人来到楼上的一间病房。

天气很好，阳光从窗外投射进来，室内清新而温柔。老人穿着病号服，脸色红润，早早地坐在沙发上等了，眼神虽然有点模糊，

※ 老人依然一口乡音

但明白地表现出激动的神色，因为他知道，家乡来人了！

对话已是很艰难，老人耳背，预备下的写字板是一种较为通畅的交流方式，刷刷的写字声和高声的解读，再加上会心的笑声，让室内的空气灵动而愉快。老人的思维还是很敏捷，写字的手稍有点抖，但依然遒劲。写字对话从问候开始，渐渐深入……此次拜访显然有备而来，市政协副主席胡宁、市政协文史委主任李跃梅和老人聊着一个中心话题：乡愁。为的是市政协正在实施的一项文化行动，编撰一本《徽州乡村纪事》，所谓"见山见水、记住乡愁，最美的乡村在徽州"，作为一个从徽州走出去的老人，作为一个经历了波澜壮阔人生的老人，他心里的乡愁是什么呢？

老人曾经写过一篇《忆屯溪》的文章，开头写道："我的老家休宁县商山村，离屯溪十五里。七岁那年，全家搬到上海，是从屯溪坐新安江上的木船走的。"一江碧水向东流，载着少年的乡愁，裹挟着未知的前程和命运，可是谁又知道呢，传奇的一生就这样拉

※ 家乡来人

开了序幕。

　　老人名叫吴象，原名吴大智，1922年1月生，休宁县商山镇商山村人。他是以研究农村问题而盛名天下的经济学家，他的一生和中国当代的重大转折、变迁和发展息息相关，他的思考催发中国农村发生翻天覆地的变化。作为党的一名高级干部，他在国务院农村发展研究中心副主任的位置上退休。对于家乡，吴象有深沉的情感，退休后，曾经两次回到徽州，漫步屯溪老街、走访休宁西街、徜徉商山故里，真是"少小离家老大回，乡音无改鬓毛衰"，半个世纪的光阴消散了许多人世景象，但对于故土的眷恋却愈加深厚……

　　病房里谈兴正浓，偶尔老人嘴里还蹦出几句休宁方言，愉悦之际分外亲切。大家约定，等春天来临，请他再回家看看，老人看着写字板上"回家看看"四个字，久久不说话，好像沉浸在回忆中，慢慢的，脸上绽开笑，用劲点点头。

分别的时刻到了，老人不顾大家的反对，执意要从沙发上站起相送，阿丽挽着他，说他腰都直不起来了，他孩子气地猛然一挺腰杆，挺着身子，颤巍巍地送大家到病房门口。正当作别之时，九十二岁的老人做了一个让大家都想不到的动作，他缓缓抬起手臂，手掌相合，拱手向每一个人作揖，每一个拱手都做得那般认真，眼神直直地看着对方，好似我们是他年少时的好友，诸多的不舍和牵挂、诸多的嘱托和依赖，就在那无言的拱手之间。大家一时很惶恐，不知怎样才好，走出很远，回头看，老人还直直挺着腰，站在门口向我们招手……我带了一个小摄像机，拍摄下这一幕，突然取景框里的画面模糊了——不是机子的问题，是我的眼睛湿润了。

※ 花儿与老牛

从北京回来，这个送别的场景时常萦绕脑际。有一天正开着车，阳光投射进来，车内的音响刚好在放一首歌，是王菲的《传奇》，好似从遥远地方飘过来的天籁之音："梦想着偶然能有一天再相见，从此我开始孤单地思念，想你时你在天边，想你时你在眼前，想你时你在脑海，想你时你在心田……"猛然间，老人拱手向大家告别的那一幕浮现眼前，心里不禁一动，好像也懂了老人相送的含义："想你时你在眼前"，看到故乡来人，好比故乡就在眼前；"想你时你在天边"，而今年事已高，故土怕是难以回去了，故乡的小桥，故乡的皓月，故乡的春风……一切的一切，都只能长留心里了。这首歌咏爱情的歌分明为老人的乡愁做着最诗意的注解，"想你时你在天边"，这样的歌，悱恻动人，这样的情，凄美萦怀。

2014年岁末，《徽州乡村纪事》正式出版发行，编者充满感情地把吴象的《忆屯溪》一文作为全书的序言。

那一片未见的油菜花

清明前夜，突然有电话来说，许定安老师病情加重，已经进入

昏迷状态了。饭后，我们匆匆赶去医院，推开病房，眼前的他脸色蜡黄，被各种管子束缚着，喉咙里发出隐隐的呻吟，偶尔强睁开眼，空洞的眼神想必是什么也看不见的。

之前的几年，定安老师是医院的常客，开刀、输血、输液、抽液，被各种仪器检查，靠各种药物支撑，在他是家常便饭。但每次去，他都要为大家摆一次小小的龙门阵。谈病情，他如数家珍、挥洒幽默；谈文学，他掌故频出、包袱时抖；谈人生，他锐利敏感、妙语连珠。病房里响着他平缓清晰的说话声，响着我们愉快甚至戏谑的笑。他在谈话中老是露出孩子般匪夷所思的语气，带着这种神色去臧否人物、分辨世事，锐利到入木三分，好玩到让人绝倒。所以，以前每

※ 那一片未见的油菜花

次去探病，几乎就是一次快乐的聚会了。但我们也知道，这快乐的背后，隐藏着巨大的病痛和生命的苦楚，只是他从不说。

现在，看着这张被病魔折磨得脱形的脸，不禁在心中感叹，世上哪有这样苦命的人啊！

从医院回来，心情异常沉郁。独自一人踱到东山的状元阁上，很深的夜了，县城零零星星的灯火坚守着俗世的光亮。迷茫的天空此时深不可测，夜风从四面八方猛扑过来，在空中撕咬。我想着那个仍然在同死神抗争的人，他的手还在无望地动，他的眼还在奋力睁开，他想拼命地赶走什么，他孱弱至极的体躯还极力保持抗御的姿态。唉！你的那么多与病魔打交道的经验，你的那么多才学、诙谐、达观，此时难道都不能化为力量吗？让它们一起来陪你渡过这一关吧。

许定安是一个地道的休宁人，自幼家道坎坷，吃尽苦头，在磨砺中长大，却生成一身傲骨。一支笔，勤写不辍，写尽休宁的前世今生，每个字都饱蘸对家乡故土的无比爱意。

第二天是清明节，我去五城老家扫墓，正在归乡行进的车上，来了报丧的电话。这是近几年少见的一个落雨的清明，凄风苦雨中，路边一片片的油菜花从车窗掠过，像是坚守的阵地，又像告慰的旗幡。我知道，我和定安老师的那个约定已经永远不能实现了！大半月前，我陪省电视台的程力老师去医院看望他，这照例是一次愉快的聚会，大家说，春天来了，油菜花正在盛开，你该出去看看油菜花。他叹一口气，说道，我是天天想着出去看花啊！离开时，我们讲好，等他出院，候了好天，就去看油菜花。

我想，我们的车应该是沿着率水走的，这条河流是他最挚爱的母亲河，无数次流淌在他的笔下、流淌在他的梦里。率水河两边广袤的田园里，金灿灿的油菜花正在怒放，黄花灼灼，蜂蝶飞舞，幻成江南最诗意的风景。率水的河风一波波荡来，光鲜和暖的阳光里芬芳四溢。在一片最美的油菜花前，定安老师会要求下车走走，他缓缓走近黄花，目光柔和，神情悠然。他也会同我们好好地聊上一

※ 黄花灼灼，幻化成江南最诗意的风景

会，讲讲率水，讲讲休宁，讲讲生命，讲讲生活中的小事。反正，他是个健谈的人，心里有许多话，心里还记着许多事。距离他离去的前四天，我接到他打来的一个电话，声音一点儿也不像一个病人，他又同我说起编《海阳漫话》第五辑的事，《海阳漫话》是他的一个心结，最后他笃定地说："等我病好一点，就来帮你编。"——这是他留给我最后的一句话。

聊以宽慰的是，在他生命的末期，我们曾请他写了一首歌咏家乡的诗，作为休宁建县一千八百年的生日礼物。元月的冬夜里，他

※这个季节，风都是香的

在家人的陪伴下，艰难地来到剧院，观看这场演出。在晚会的中间部分，我们开始朗诵着这首《休宁颂》的诗作，光影流动，时空恍惚，随着深情的诗句，休宁的历史画卷徐徐打开，全体观众都沉浸在大爱的氛围中。我不知道，坐在观众席的他会有怎样的安慰？现在我想，也许是宿命的一种安排吧，在这个千人剧场里，他借了我们的声音，等于在向生他养他的家乡说着最后无限爱惜的话。

陈丹青先生说，鲁迅是中国文化的一桩公案。我突然觉得，许定安是不是也是徽州文化的一桩公案呢？当然，许定安不是得道高僧，他的言行不是悟禅的工具和权威的法范。但这个人确乎可以成为我们返回内心思考的对象，成为我们观照生命、开启心智、开阔心襟的参照。那片未见的油菜花，或许就是许定安公案的封面标识。那些柔弱而又坚韧的细细小小的花啊，仰脸向着阳光，对于生有无限的热爱和眷恋，在自然的柔风里，它们呼吸、盛开、快乐，任由生命畅快地拔节。但对于死，它们全无畏惧，既是从泥土中孕育而来，何惧返回大地怀抱。就选择一个阴霾的日子，伴着苦雨，静静地从母体飘落，找寻永远的安静。

让所有的痛苦都离去吧，愿定安老师安息。

最后的出行

在车上，老人开始沉默。

出发时，大家让他坐在副驾驶座上，想让他更清晰地看到外边的风景。他就顺从地坐着，腰板直直的，像是守纪律的学生在上课。窗外，蓝天碧水，阳光四射，我们拣着了秋日里最好的一个天气，透明清新的空气里隐约有桂花的清馥，汽车平缓地滑行着，有点梦

※ 到达

境般的不真实。

原以为老人上车后会很兴奋，会说许多话，因为这一趟出行对于年逾九十的他来说，可谓饱含寓意，我们去往的目的地是新安江的源头，是深藏于万山之中的龙井潭。老人教了一辈子地理，研究了一辈子地域文化，可是，独独这个最有象征意味的新安源，他没到过。五十多年前，他曾有个雄心勃勃的计划，就是徒步沿率水走一遍，一直要走到率水的源头——就是新安江的源头，那次行动的一切都在按部就班地准备着，却因为一支猎枪的缺失而没有实施。老人好多次同我说起这个事，看得出心里的遗憾。

现在，老人还沉默着，猜不透他心里想着什么，同他搭话，也是简短地回复，一点也不像我们平时的交流状态。清澈的阳光从他的脸上滑过，我发现，迎着光，他的眼睛没有躲闪、闭上，反而略略睁大些，好像孩童般无邪的挑衅，又像是要在阳光里找寻什么，或者，他想把这些阳光直接收入眼中、收入心里。

老人叫金家骐，是我们大家都极其敬重的一位文化老人，也是一位出了名认真、勤学的人，当了一辈子教师，在版画、地理、方言研究等方面卓有成效。有人说了，这真是一个奇怪的人，任何领域，只要他钻进去，必成大果。从文化的角度看，老人可以说是我们县的"县宝"，他的传奇人生，他的以小学学历达至学者、中国美术

家协会会员的匪夷所思
的历程，尤其是他年逾
高龄却一直在学习、钻
研、攻读、著述的态度，
无疑是一个地方引以为
傲的人文标杆和精神高

※ 尝一口源头水

地。这些年来，我们努力想为老人做点事情，终于，在他的学生胡
宁先生、他的胞弟王进丁先生以及上海宝松美术设计公司唐磊先生、
王复光先生等人的帮助下，在老人八十九岁那年，他一生中唯一的
一本画集得以和世人见面，画集取名《徽韵悠悠》，封面就是他魂
牵梦绕的青青率水。

现在，率水就在眼前，成熟的玉米以一种坦然而优雅的姿势在
河边集结，我们站立在流口镇茗洲村的亲水护岸上，阳光下秋风飒飒，
青碧的河水像一个抬首撩发的美女，不经意间，把她的美自然地对
我们呈示。大家看着水，和老人说着话，每个人的眉眼里都是舒坦。
老人依然挺着身板，手里摩挲着拐棍，笑微微的，头轻轻地晃动，
那是他最自得的表情，好像眼前的美景和好辰光都在他预料之中。

老人基本上是个严肃的人，但我们很投缘，在一起讲话总是会
有许多笑。因为我知道，他骨子里就是一个幽默的人，对人事的不

善打理，对俗世的不解不适，大多是由于他特别认真造成的，他自己就经常嘲讽自己的"不谙世事"。黄永玉出了一本极有意思的书《比我老的老头》，写了一些好玩的老头，我就觉得，老人其实也是一个特别好玩的老头。

老人的大公子金一新先生是我的初中语文老师，我一直都坚定地认为，他是世界上最棒的语文老师。三年间，他与我们教学相长，同时也与我们的顽劣和捣蛋进行了长期的周旋和"博弈"。三十年后，我把我们的"斗争史"告诉老人，说那个时候金老师真厉害，我们基本吃败仗。老人乜斜着我，丢出一句话："他还不行！还要学习。"

他对于子女的教育几乎到了苛刻的地步，他的小儿子一律先生向我爆料，以前，子女们写信给他，在回信中，他必把来信寄回，信上已经给批改得密密麻麻，从遣词造句到标点符号，一丝的错误都不放过。

老人在 1986 年之前有一个奇怪的心愿，就是一定要活到哈雷彗星光顾地球的这一年！哈雷彗星每隔 76 年才能让地球人看到一次，是难得一遇的大事件。老人打小身体就弱，所以他对自己的寿命看得很淡，甚至有点悲观，我想他也是借那颗难得一见的星星给自己打气。后来他的一位女学生对他的认知进行了严肃的批评，认为他的寿命同哈雷彗星的回归没有任何关系，寿命的长短是自然的事情，

※ 生命的凝塑和欢呼

不应该作此志愿。老先生醍醐灌顶，认错知改，收回心愿，结果，他不但看到了哈雷彗星，而且看到了香港、澳门的回归，看到了北京奥运会、上海世博会等大事件，一口气活了好几十年，虽然身体永远孱弱，但生命之旗不倒、艺术之树常青。

说到生死，金老经常对我说："我四十岁的时候医生就断定我要死的！"这个时候，他的眼睛里总有顽皮的神色，于是，我们相视大笑起来，讽刺起那位有眼不识泰山的医生，连声说：谁会想到有这么长！这个医生真是糊涂蛋。

人总有离开世界的那一天，但老人的离去倒叫我们猝不及防。从龙井潭回来还不到一个月，他突然病倒，送去医院一检查，居然全身都是癌细胞。原来，那个神采奕奕的圆梦老人，精神焕发地站在水边的时候，死神已经悄悄逼近了他，这次愉快的旅程竟然是最后的出行。老人从进医院的那一刻起，就再也没有讲上一句话，我们无从知道他内心的想法，或许，他的眼前会荡漾起龙井潭的清风。

那天，老人和大家一起健步走了几百米狭窄的山道，突然，鼓起的石壁呈现眼前，耳边来了瀑布的声音，龙井潭就要到了！大家

※ 老照片：当年，屯溪枧忠公社孙打渔段新安江是个理想的天然游泳池，热闹非凡

霎时紧张起来，招呼着，拥着老人，做最后的跨越。这时，山间的鸟鸣和风声已经听不到了，耳边是龙井潭愈来愈响的轰鸣声，仿佛一曲恢宏的交响乐，为老人的跨越、为老人和新安江源头的会面伴奏最激昂的背景音乐。老人这时全身也紧起来，陡峭的石壁已容不得他的腿脚迈动，大伙挟裹着，挽着臂，拉着手，掰着脚，一点一点地攀越、前行，老人把身体全部交给了我们，但他的头始终昂着，他的目光越过石壁，已经先于我们到达龙井潭。

人总是要死的，老人以九十岁的高龄驾鹤西去，也是一件功德圆满的事。只是一想到老人在新安江源头迸发出的生命激情，想到在龙井潭那样畅快的时光里，竟有死神不动声色地给老人、给我们布下了一个阵，我的心里总是非常沮丧和难过。

道德的天空

数年前，因为和中国第一历史档案馆合作编写《金榜：休宁通往紫禁城之路》一书，我数次进京，在此期间，更加频繁地进出程道德先生的家。在北京西三旗育新花园住宅区的一栋普通高楼上，

※ 程道德先生

我们走进了一位学者普通的家居生活，也走进了一位长者高尚的精神世界。

程道德先生家的面积不算小，但除了满满当当的书籍、字画，只有几件老式的家具，可算是寒酸了。那一次，上海宝松美术设计公司的唐磊老总和设计师王复光老师上门拜访，中午程道德先生留大家吃饭，主人连同客人，一共六个人，大家围桌坐下，发现了一个不容忽视的问题：虽然从每个房间找来不同的凳子和椅子，但只勉强配齐了五个座位，最后，还是从隔壁程教授儿子房间找了一把椅子，解决了大家的入座问题。这几乎是匪夷所思的事情，堂堂的北大教授，家里居然凑不齐六把椅子！后来，家乡木工学校的学生们，用山里的普通木料为老人打制了一张小桌子、六个小板凳。程教授的爱人汤老师分外高兴，她说，再也不用同教授抢书房里那张书桌了，这张小桌子正好充当她的书桌。

体恤我在异地工作的艰辛，平日很少下馆子的程道德夫妇带我们到一家档次不低的酒店吃饭，说是要给我增加营养。汤老师点了许多菜，我们赶紧提出，菜少一点，够吃就行。这时，程道德先生靠在椅背上，傲然地说："那怎么行？我可是全国知名的收藏家！"这是一位做学问极其踏实、平时行事极其低调的老人，任何头衔、荣誉只能让他惶恐而谦让，但为让我们安心地吃好这一顿饭，他不惜孩童般炫耀地抬出自己的头衔。

程道德，字陶庵，别署古癖斋主，1935年出生于休宁县城海阳镇。北京大学法学院教授，知名学者，文物鉴藏家。——这是关于程道德最概括的介绍，事实上，他的一生起伏跌宕，极富传奇色彩。

休宁县城的西街是古徽州著名的一条街道，曾经是徽州繁华的一个缩影，时至今日，这里依然深巷大院、古意盎然。程道德就出生在这其中的一幢阔大的徽派房子里，他的父亲开一家规模不小的布庄，家中置地一百多亩，算是殷实的徽商之家。程道德的启蒙教育是在西街东青巷小学完成的，从幽深古巷传出的琅琅读书声中，最洪亮的声音就是幼小的程道德发出的。

自小聪慧勤学的他，不光成绩出众，而且文艺天赋也了得，十四岁那年，他自编自导自演了一出戏《拾黄金》，在南门戏台演出，轰动了县城。当时的解放军文艺队也在休宁，视他为文艺人才，要把他带走南下。终因年幼，他没有走上文艺从军这条路。第二年，

※ 道德馆序厅

程道德从休宁中学初中毕业，因为家庭的缘故，没有继续学业，1950年，年仅十五岁的他在徽州专署开始了人生的第一份工作。在新社会新政府的机关里，朝气蓬勃的他撰写通告、办报纸、拟文件、刻蜡版、打字，什么都抢着干，什么都干得欢。

1956年，已调入芜湖专署的他迎来了人生的一次重大转向：为响应国家号召，仅仅只有初中学历的他决定报考大学。"少年立志当拿云"，他报考的居然是北京大学。"我那时有一个志向，就是考上北京大学，将来报效国家和社会！"

经过短短三个月的冲刺复习，凭着扎实的文化功底，程道德奇迹般地考进了北京大学法律系。"进校以后，看见系门口悬挂着一

※ 道德馆展柜

条醒目的横幅，上面写着——欢迎你，未来的红色法学家！当时很受鼓舞，心情很激动！""红色法学家"这五个字从此深深地烙在程道德的脑海、记在他的心上，成为这个从徽州大山里走出去的年轻人一生的指南和奋斗目标。

1960 年，程道德留校，成为北大一名年轻的教师。但随后而来的就是各种政治运动，性情耿直的他，同中国大多数知识分子一样，在近二十年的政治风雨中，经历了种种磨难。但苦难和坎坷也是人生的财富，十年浩劫后，中国迎来了新生，程道德也开始了生命和学术的春天。"天行健，君子当自强不息！"他以百倍的勤勉和努力投身工作，从大学讲坛到学术会议，活跃着他精力充沛的身影。

※ 道德馆一角

程道德先后担任北京大学法律系（后改为法学院）学术委员会委员和学位委员会委员、国际法教研室主任，编写出版了《近代中国外交与国际法》等多部著述，在国际法和中外关系史的教学和研究上，成绩卓著。

数十年勤勉治学，程道德成为在专业领域举足轻重的国际法学教授，但是谁也没有料到，退休之后，他居然在收藏领域做出了惊人的建树。二十多年来，程道德的收藏已有中国近现代文化名人墨迹、清代科举制度文献等四大系列，其中不少文物是国家博物馆都没有的。2002年以来，他先后在北京、陕西、安徽等地先后举办十一次中国文化名人书画展和清代科举文物展，得到社会大众和专家学者的赞赏，并编辑出版《二十世纪中国文化名人墨迹》《二十世纪北京大学著名学者手迹》等七部大型图书。

这样的作为简直让人叹为观止，那一件件珍罕的历史墨宝所透射出来的深厚文化底蕴和高尚的情操，让无数人流连忘返。很少有人知道，为了钟爱的收藏事业，他同老伴节衣缩食数十年，几乎耗尽了毕生心血和财力。是什么力量支撑着他的理想和信念呢？程道德说："我深爱中华文化，学者手迹也好，名家书法也罢，还有科举文献等，都是中华传统文化的精髓，我们可以从中体味历史名人的人品、理想与追求，体会到我们这个民族对文化的矢志追求。做一件抢救、弘扬传统文化的事，非常有意义！"

在近三十年抢救文化珍宝的过程中，发生了无数机缘巧合、曲折离奇、惊心动魄的收藏故事，带给程道德不少的艰辛和窘困，更带给他太多的乐趣和感动！"都云作者痴，谁解其中味？"曹雪芹的况味也许程道德能懂一二。当然，这些故事铺陈开来又是另一本精彩的大书了。

程道德先生离开休宁五十多年，一直对家乡心心念念，在他的心中，藏着一个永不泯灭的情结，要为家乡做点事情，回报桑梓故土。十几年来，他一次又一次地向家乡捐赠珍贵的文物藏品，后来，索性一股脑儿把自己几十年来收藏的一百八十五件清代科举文物全

※ 霞光溢彩

部给了休宁状元博物馆。

　　深秋时节,在程道德先生的家乡,在中国状元博物馆东区的位置,走过满园芬芳的徽派园林,一座古朴雅致的小楼悄然挺立在人们的眼前,展馆的大门上檐高挂着国学大师、著名书画家冯其庸先生的题字:清代科举文化馆。打开大门,序厅正上方是一只硕大的木铎,《论语》里说:“天下之无道也久矣,天将以夫子为木铎。”在这里,木铎是教育的化身,是展馆的精神象征。

　　构思精巧的展厅,一百八十五件珍贵的清代科举文物,使我们分明看到一个古代学子奋发成才之路,看到中国传统文化的动人篇章,更体味到一种乡土真情的力量——“乡贤程公,桑梓情浓,澉沙淘金,襟怀可镂。”这里的每一件展品无不包含着程道德先生寻访收藏的艰辛,浸润着程道德先生对家乡的赤子之爱。而由展览折射出的传统文化的魂魄,以道德的力量激励人、感化人,“教人学习,催人奋进”,又在高的层面赋予展馆新的意义。诗人雪莱说,道德的核心就是爱。

　　家乡的人们更愿意将这处充溢着书香的博物馆称作道德馆。道德馆前,一群天真无邪的孩子们正在诵读《道德馆赋》,他们朗朗念道:“自古儒学重操守,从来栋梁品行优。道德义举,彪炳千秋;道德立馆,传承不朽。先贤立标杆,后生逐潮头。今朝品学兼修,他日定显风流……"这清脆悦耳的童声，随着清风飘上蓝天，直达深邃无垠的广宇。

谁说读书人不是热血男儿

那是几年前的事了，这一天，我在状元博物馆接待一位年逾七旬的老者，她身材不高，却精神矍铄、气质儒雅。在家人的陪伴下，她踏进博物馆的神情近乎朝圣，完全不同于一般的游客，因为这里有一件"宝物"，对她来说非比寻常。

休宁在历史上是鼎鼎有名的科举大县，千百年来，英才辈出，在各个不同的历史朝代，都涌现出许多出类拔萃，领风气之先、立时代潮头的人物。近年来建成的状元博物馆以展示状元文化、解读历史人物为内容，兼容中国

※ 程家柽烈士像

传统文化与地方民俗，是文化璀璨的徽州大地上极具个性魅力的博物馆。在它近万件藏品中，有十件藏品被称为"镇馆之宝"，具有特别的价值。其中的一件藏品《同登录》，记录了清光绪二十一年（1895年）乙未岁试拔取名单，是研究科举文化和徽州历史人文不可多得的材料，革命志士程家柽的名字赫然在册。

程家柽，安徽省休宁县汉口人，他一生追随孙中山先生，是我国旧民主主义革命的先驱，同盟会的创始人之一。为推翻封建帝制，他曾多次利用自己的特殊身份，打入敌人营垒，活动于宫廷机要场所，周旋于王公大臣之间，为民主革命立下了汗马功劳。1914年，程家

※ 1904年冬，程家柽（后排左三）与友人在东京合影。前排左一为黄兴，左三为胡瑛，左四为宋教仁；后排左四为刘揆一

柽不幸被敌人抓获，惨死在袁世凯的屠刀下，为革命壮烈献身，年仅四十岁。

※ 程家柽与《二十世纪之支那》

程家柽，这个从休宁大山里走出去的年轻人，在血雨腥风的黑暗岁月里，用自己的热血和赤诚，同反动和腐朽做着坚决的抗争，他的精神，化作一面永不褪色的鲜艳旗帜，在历史的天空留下了永恒的印记。他是鲜为人知的辛亥奇人。他在辛亥革命时期是举足轻重、功勋卓著的人物，正如同时代的民国元老张继所言："中山（孙中山）提倡革命者也，克强（黄兴）实行革命者也，韵荪（程家柽）组织革命者也。"张继之所以把程家柽与孙中山、黄兴并列，其理由是"向使学界而无韵荪，则中国同盟会必不能以成，北京而无韵荪，则吾同志死者必不可胜数。完全终始，一手维持，韵荪大矣，然而韵荪不言矣。"

状元博物馆所藏的《同登录》，是研究程家柽生平的第一手资料，也是程家柽由一个封建秀才到接受民主思想，最后走向救国救民道路的有力见证。

而访问状元博物馆的这位老人不是别人，正是程家柽至今唯一健在的第三代后裔，她叫程惠婉，现居江苏徐州。老人对烈士前辈

※《九颗红心向祖国》（1965年，新华社向全国和全世界广播了下面这条消息"被巴西当局非法监禁和折磨达一年零半个月之久的中国贸易、新闻工作者王耀庭、宋贵宝等九人从里约热内卢乘飞机取道瑞士回国"）

怀有无限的缅怀之情，退休后，她一直从事程家柽生平事迹的搜集考证工作，已整理出大量的文字资料，为程家柽研究作出了很大成果。老人从网上得知状元博物馆藏有《同登录》，不顾年事已高，执意回到故乡，要一睹《同登录》的真迹。

状元博物馆的工作人员取出《同登录》，翻开历史的故纸，程家柽的名字端端正正地出现在上面。这份长三十厘米、宽二十厘米的纸质册子，清晰地记载了程家柽曾祖、祖父、父亲三代先人的名字，而且标明了程家柽准确的出生年、月、日、时，程惠婉老人和家人们屏息细细察看这份《同登录》，血脉的延续相通，精神的光照相续，在这一刻，有分外的感知。程惠婉老人激动地说，感谢故乡的状元博物馆保存了这件"宝物"，让更多的人了解程家柽、记住程家柽。

"君貌俊伟，须眉奕奕，性爽直，不能容人之过。"这是宋教仁对程家柽的描述，而国民党另一位元老张继则这样评价程家柽："谋国之忠爱、党之挚魄、力之雄伟，均非他人所能及其万一。" 1914 年年初，袁世凯镇压义军，开始了大肆屠杀，众多革命党人士纷纷亡命海外，只有程家柽毅然留在京都，同袁世凯周旋。

※"九颗红心"中的八位(宋贵宝未来)在屯溪和地委首长合影

袁世凯一心要置他于死地，大家劝程家柽离开避祸，他说了一句惊天动地的话："我与袁固不共生死，即不能屠彼，则为彼屠耳！"他与熊世贞等人组织两千多人的铁血团，谋杀袁世凯。不幸事泄被捕，同年9月23日在北京罹难。

程家柽的尸骨后来被迁回故乡，葬在休宁县东临溪镇林竹村踏林坞。谁说读书人不是热血男儿？这位铁血的革命志士，长眠在故土，受着后人无限的敬仰。

书香浸润旧时光

青 漪

　　车子停在五城镇古林桥头，一行人右拐走进河边的一个小村。市里检查组来调研古民居保护情况，我们来看一处濒临倒塌的古建筑。

　　这是一座近两百年的老祠堂，已经朽坏得不成样子了，像一个风烛残年的糟老头子，默默的还有一些微弱的气息。布满蛛网和灰尘的梁柱隐隐地现出精巧的雕刻，也很难让人想起它年轻时的精壮。我知道，老房子是真的有生命的，它的落寞与孤独，它的虚弱与感伤，就依附在屋子里幽暗的空气和经年沉积的灰尘上。呆呆地在屋子里驻足一会，心里发一点叹息。

　　猛然间，我依稀觉出这间老屋的熟稔！是的，我曾经穿行其中。

　　已经有近四十年的光阴了吧，童年的我从老屋的大门走入，是一进挨着一进的厅堂人家，那些家居景象或贫寒或富足，里面的人似乎都在桌边吃饭，瘪嘴的老人、脏兮兮的小孩、裸着古铜色肤色的中年农人，他们都会用善意的眼光无声地看我，整个过程好像在阅览无声电影的片段，跨过一个高的门槛，电影戛然而止，来到我老师的家，会有热情的声音响起。

　　老师姓姚，应该是这座姚家祠堂的正宗传人。

　　1969 年的初春，璜茅村突然来了一位年轻人。那时皖赣公路还未从村子经过，年轻人是步行进入村庄的。看得出他的神情有些疲乏，但眼睛里充满着热切和期待。

※ 青色的河流

　　我母亲当时在村中小学任教，来人恰好向她询问学校的位置，并自我介绍说，他叫姚益权，刚从师范毕业，分配来璜茅小学。我母亲看了一眼眼前这位新同事，不禁笑了。年轻的姚老师赤着一双脚，左手拿一双新布鞋，右手挂一只竹菜筒，头发蓬乱冒着热气，模样实在有些滑稽。姚老师解释说，他母亲刚刚过世，家境很困难，姨妈送他一双新布鞋，从他的家五城到璜茅有三十里山路，他怕把新鞋穿烂了，就干脆赤脚走来了。姚老师便是以这样贫寒却又刚毅执拗的形象走进璜茅。那时，距我出生还有几个月的时间。

　　姚老师在璜茅小学很受欢迎，他为人随和热情，直爽的性格很对山里人的脾性，在璜茅的这一段生活是他一生中最好的记忆。我

※ 乡村的年味

读小学三年级的时候，姚老师成了我的语文老师。上姚老师的课是一种享受，尤其对于山里的孩子。姚老师永远兴致勃勃地讲述着一切，不受课文中心思想、段落大意的束缚，忽而古代，忽而外国，忽而战争，忽而传奇。也许，他一直在跑题，却给这些稚嫩的心灵注入了鲜活的营养。有好长一段时间，我晚上就跟姚老师睡在学校的宿舍，课堂上的故事继续在熄灯以后延展。在璜茅村 1978 年漆黑的夜里，山溪的流水分外清晰，传递到璜茅小学这间简陋的教师宿舍，当所有都隐去时，文学以最纯粹的馨香飘散开来。姚老师的故事足以让我挣脱这无边的黑夜，看到霞光万丈的天堂。这是一桩幸福的事情，讲故事的人和听故事的人，都被那些妙不可言的情节和人物所打动。

姚老师是我这辈子遇到的最会讲故事的人，他会把自己放到故事里去，与人物同甘苦、共生死，所以他的叙述有一种特殊的魔力，任你是平庸的世界，也能妙趣横生、其乐无穷。姚老师也是一个幽默的人，在我们数学学到"小括号、中括号、大括号"时，他说自己老了，笑起来不但嘴角边有小括号、中括号，连大括号也有了。

在我读五年级的时候，姚老师调离了璜茅，离开了这所他工作了十年的乡村小学，调到了镇上的小学。

姚老师仿佛从我的生活中消失了，但陆续传来的消息都让我很悲哀：因为不善打理人事，因为个性倔强，姚老师的境况越来越差，领导像拔萝卜一样，把他从镇里的小学一步步往外调，最后他来到一所最偏僻的山村任教。

直到有一天，在五城地区教育系统一次大型文艺汇演上，我意外地发现了姚老师。他是一组大合唱的总指挥，雪白的衬衫、锃亮的皮鞋，从侧台正步走出，走到台中心，稍作站定，上身挺直不动，脚后跟潇洒一旋，整个身子便正对台下，微一鞠躬，旋又挺直腰板，脸上是极其专业认真的表情，脚后跟轻巧一转，面对着合唱队伍，缓缓抬起双臂，猛然向前一送，歌声随即响起……他生命的光彩，他骨子里、血液里的高贵传递在这座空旷、简陋的影剧院里。那个时候，我已经高中毕业，已经能感知生活的况味了，不知为什么，那一次合唱的歌声一起，我已经热泪盈眶了。

现在，调研组说要找祠堂的主人，经人指点，姚老师家就是老屋旁边一间新做的平房。屋子里堆着晾晒的稻谷和农具，走进房间，一台小电视兀自开着，木板床上，蜷缩地安睡着一个瘦弱的人，这便是我多年未见的老师了。"姚老师。"应声下床的老师看着我，脸上是让人心酸的茫然，他真切地不认识我了，任凭紧张搜索，当年牵着他的手走进老屋的学生同眼前的这个访者已经没有任何关系了。我只得自报姓名，老师恍然大悟，以掌拍额，责怪自己老了。

调研组开始调查老祠堂的事情，因为据说老祠堂已被人收购，

※ 古巷悠悠

准备整体搬走。姚老师谨慎地介绍了情况，看得出，他有一点不安，但依稀可辨当年利索的神情。告别时，老师送出院子，阳光炽烈耀眼，村子里响彻夏蝉的鸣叫。

市里的同志问，这个村叫什么名？"小时候，好像这个村叫青油花，具体哪三个字也不清楚。""青油花"出产木炭篓子，可能炭篓同高帽子有某种相似之处，所以，"青油花炭篓"成了五城当地人对恭维奉承的一种揶揄和借代。

这时，我们停下脚步，在一户人家的木门上，钉着蓝色的门牌号，上面清清楚楚地写着这个村的名字，不是"青油花"，而是"青漪"。一瞬间，我仿佛被震了一下，"青漪"，这两个绝顶美丽的字就挂在粗糙的木质门上，像一个倚门微笑的纯情女子。

四十年前，我走进的就是这个叫青漪的村子。

青漪与对岸的古林隔着一条大河，靠着一座古老而坚实的大桥相连。古林这边沿河是两片古树林，那些异常粗大的树遮天蔽日，却又庄重内敛，有一点满腹诗书的味道。四十年前，树林里的古树是现在的数倍，一座青石牌坊护着这方青幽幽的天地，似乎可以想见，在离我们遥远的年代，这个地方的气度和奢华。

就在这个偌大的贵族式乡村的对面，有一个小巧的村落，有一座精致的祠堂，有一种别致的出产，更有一个动人的名字。青漪，无疑是对这条河流的描摹，水流到这里放缓了脚步，青色的河水让人心生愉悦，诗兴大发。此处有的是读书人，取一个优美的名字还不是信手拈来。

我的少年时代就是在青漪对面的镇子上度过的。五城古镇名气很大，古籍记载，这里在宋代便被当时的人誉为大镇。镇子背河而建，分上下两部分，青漪对岸的这部分叫古林，上游对岸老街的部分叫五城。我家在五城，父亲工作的地方却是建在古林的五城粮站，粮站的中心是一座庞大的古祠堂，这座祠堂是历史上的古林黄家祠堂。古林黄氏在清代曾经出了一个状元，名叫黄轩，传说原来祠堂里就挂着"金榜题名"的大匾。当然，现在匾额不见，楹联没有，大堂里码放着层层叠叠的粮食，散发着大米独特的气息。

翻检我四十多年的生命历程，最快乐无忧的时光就是在这座祠堂里享受到的。五城粮站当时是一个有着许多荣誉的先进单位，在区站的办公室里挂着一张国家粮食部颁发的偌大奖状，不由得让人肃然起敬，但这个整洁而秩序的天地成了我们嬉戏玩乐的天堂。老祠堂并不森严冷寂，反而温馨敞亮，在大厅前的四合院里，有四棵枝干繁多的梨树，夏日里果实累累、清香四溢。我的小房间正对着一棵最大的梨树，午后，一切都沉寂了，祠堂里更是悄然无声，梨树的芬芳此时分外浓烈，在安详的阳光和阴影里潜滋暗长。世界唯我独醒，唯我一人享受这静谧的辰光。这时，年轻的王海宁来了，这个刚从粮校分配来的小伙子英姿勃勃，却又孩子气十足，天天同我们这些十来岁的毛小孩玩在一起。他悄悄在窗口招呼我，我们俩潜入梨树的树荫下，蹑手蹑脚爬上树，带着紧张和愉快开始偷梨……

然而有一天，我的大朋友突然出事了。黄昏时，他去青漪边的河里游泳，却被浅浅的清流裹挟而下，一天后，被四处寻找的人们在下游二十里远的河边找到尸体。王海宁的死给我少年的心里极度的打击，让我对猝不及防的命运心生恐慌。我不止一次来到青漪的河边，久久看着清澈的水流，想知道我的大朋友到底去了何方，这柔弱的河水怎么能残害到那么一个朝气蓬勃的生命。

今年夏天，我们回到五城，一群人带着相机，乱哄哄地在五城老街作寻幽访古之旅。后来，离了人群，行到老街的尽头，正是临近黄昏的时候，一出"俯瞰玉京"的古门楼，金灿灿的夕阳毫不遮掩地扑面而来，让人动弹不得。眼前的这条河流也铺满金色的鳞片，河那边开阔的田园、蓊葱的树木，更是被渲染得金碧辉煌。记忆，却是被这种色彩唤醒，质感的灿烂，原是往昔岁月的一种象征吧。静静伫立，在梦幻般的空气里沉醉……时空，好像突然有了一个停顿，一切都消退了，留存下来的，唯有依恋和感怀。

后来，沿着老石阶，走到临水的千年水埠，在这里看过去，河

※ 老照片：水上射击

流消去了金色的鳞片,恢复了清幽碧透的女儿身,娴熟悠闲地涌流着。

我知道,这条青色的河流往下流动几百米后,会经过一个不起眼的村子,那个村有我小时候的一位老师,那个村有一个世上最美的名字——青漪。

白鹤溪

1988 年的岁末,新光厂的冬天极其寒冷,但光影之间自有其活

力。这个生产钢铁的工厂原是上海小三线工厂，它的构成就像躺下的一个巨人，把自己的体躯、四肢恰到好处地填满每处山谷，车间里机器的轰鸣和钢铁的撞击声，好似它铿锵的呼吸和有力的脉动。在它平坦的腹部，有一个上海人留下的标准七人制足球场，就冲着这处让人眼馋的绿地，我和江拥军决定把人生的第一份工作定在这里。

那时，我们住八号房，这是炼钢车间的集体宿舍，在这里，我们认识了同一车间的海鸥和他的未婚妻章绮。炼钢车间上的全是大夜班，晚上十点，车间主任老陆把水泵房的闸刀一开，怪异刺耳的机器声猛然响起，我们便要从八号房起身上班了。走进阔大的车间，行车吊着大捆的废铁，在空中来来去去，弄出很昂扬的声响，将夜的寂静撞得粉碎。班长老王挺胸凸肚，头扣铝盔，脖子里照例拴一条让人发笑的白毛巾，亢奋的脚步踏得地面灰尘四溅，不由得让人想起二战战场上的巴顿。年轻人更是活跃，打打闹闹，笑语喧哗，还时不时手持铁锹，在炉火前做出很

※ "文化大革命"期间的《红徽州报》

钢铁工人的造型。

当第一炉钢炼完后，插到炼钢炉内三根粗大的电极棒已变得灼红。第二炉钢在炉内熔化之时，已到了下半夜，人开始犯困，脸上沾满尘烟，空气开始沉寂下来，只有炉内的钢水一劳永逸地轻声沸腾着。这时，我和海鸥开始在记录纸上信手涂鸦，创作诗歌。炉火的光亮亲切地到来，附着诗行摇曳，四周净是坚硬的钢铁，那些柔软的诗的精灵，她们就这般不请自来，让我们充盈着旁人无法知晓的幸福。因为诗歌，我们可以可笑地自视甚高，可以胸怀坦荡地睥睨众生（包括嘲弄厂子里那些愚蠢却霸道的权贵们），我们的世界仿佛比周遭的人要开阔、精彩、优雅。

有一天，我们的八号房来了一位客人，他叫周远新，《黄山日报》副刊《散花坞》的编辑。我到现在也不明白他为什么一个人突然造访这个山里的工厂。这个和善的年轻人和我们很投缘，我们三个聊了很多，末了去厂外的小餐馆吃了一顿饭。临走时，周老师带走了我们的几首诗歌，后来陆续发表了。我的第一首诗《湘西》就发表在他的报纸上。这是一首献给沈从文先生的诗，但写得非常一般，除了直白的真诚，什么也没有，好得现在这首诗也找不到了，让我对沈从文先生的歉意不至于有清晰的惭愧。

接下来，海鸥介绍我认识了在县地方志办公室工作的阿牛和在

※ 二十世纪七十年代，休宁大山里的学校

岩前中学当老师的汪涧。这两位书生就着二十世纪八十年代文学热的最后一点灰烬，组建了一个文学社，自办了一份文学刊物，名字倒是优雅动听，取自县城附近一条河流的名称，叫《白鹤溪》。

一个星期天，海鸥带我参加了他们文学社的聚会。在政府大院一幢老楼的二楼右侧尽头，是县地方志的办公室，这里也是发起人之一阿牛上班的地方，所以文学社的活动场所定在了这里。推开门，只见七八个年轻人在屋子里忙碌，有的在油印稿件，有的在装订成册，在和我们打招呼的同时，还不忘高声说着自己的意见，有一点挥斥方遒的意思。

拼成的条桌上散弃着几张封面纸，土黄为底色，蜿蜒着一条细长的河流，赫然印着"白鹤溪"三个字。

现在回想起当时的场景，空气明亮，一张张充满热情的年轻脸庞，把这间老式的办公室渲染得生气勃勃……我现在真是怀念那种氛围，它提供给我的并不单是清新的纯洁，还有对年轻时光的挽留和叹息。

中午，大家到对门的一家小饭馆吃了饭，自然要喝一点酒，汪涧成了大家捉狭的对象，阿牛、老胡等人想出各种理由轮番敬他的酒，不胜酒量的他很快醉了，无力地伏在桌上。我和海鸥架着他走进县政府大院，在老楼门口立住，一行人含笑看着他。汪涧终于仰起沉重的醉脸，下午的阳光清晰地照着他，只见两行清泪飞快地从汪涧的脸颊上一滑而过，单留两道鼻水映着午后的阳光，脸上夹杂着是

※ 年少时"我们四个人"在齐云山

沉醉的痛苦和放松的欢愉。这个细节被我和西格记得铁死，多年过去，我们仍然喜欢用文学语言描摹那两滴眼泪，一如昨天发生的一样。

汪涧流泪并不是无缘故的，作为一个英俊潇洒的新一代文学青年，他身体的某一部分却小有残疾，我们可以理解为现实和理想的巨大冲突、理解为生命中不可承受之轻。海鸥后来还在第二期的《白鹤溪》上写了一篇情真意切的文章，题目为《致汪涧》（大约是受了《致橡树》之类的影响），通篇赞美、鼓励、讴歌。若干年后，阿牛有一次翻出《白鹤溪》，我们一同重温《致汪涧》，四人一齐绝倒。

《白鹤溪》却是短命得很，仅仅办了两期就停刊了，我参加了第三期前期的策划、编辑工作。夭折的原因有些莫名其妙，记得开

※ "白鹤溪"多年之后的泛徽州诗社

过好几次主题为办还是不办的会，大家严肃而认真地探讨《白鹤溪》的生死存亡问题，一如政治家们谈论国家和民族的未来，但终于还是就此了结了。

都说文学社是爱情的温床，《白鹤溪》也未能免俗，它也派生了阿牛的一小段爱情故事。后来，阿牛提供给我大部分故事素材，要我为此写一篇小说。小说倒是写了，阿牛并不是太满意，这是很自然的事情，毕竟隔靴搔痒。

光阴似箭，当初围坐长条桌的年轻人已鸟兽散尽，现在海鸥去了厦门，当时的主笔楼三迁居浙江，阿牛调到市里，我和汪涧、老胡、红豆等人依然在县城蜗居而活，间或见面，我们东扯西拉谈天，就从来没提过《白鹤溪》，仿佛它是应该被忘却的。

最近有一天，我去白鹤溪边散步，正是黄昏之际，晚霞把河流染得通红，河边高高大大的杨树也现出一层红晕，远处的山峦黝黑而深邃，像未知的命运，而眼前这条红的河流在缓缓流动，仿佛告知我，一切逝去的其实都在身边。

闻鼓识徽州

什么是徽州？或者，徽州的特质和精神是什么？答案很多，莫衷一是。尤其对于生于斯、长于斯的我们来说，仿佛身处庐山，难辨真容，这样的问题居然很难回答。

但我们可以借助一种鼓来认识她，这种鼓就叫"得胜鼓"。

得胜鼓俗称"仗鼓"，是徽州尤其是休宁民间流传已久的地方民俗活动，传说是为了纪念唐代大将张巡、许远抗击安禄山叛军得胜而击鼓欢庆凯旋，场面壮阔，气势逼人，记录了军士班师回朝的喜悦豪迈之状，更体现了老百姓的欣喜之情。历经数百年，得胜鼓代代相传不衰，人们敲响它，是对历史的感念，是对传统的珍爱，更是对不朽民族精神的追求。

因为工作的关系，我和得胜鼓结下了深深的渊源。休宁历史文化的见证、徽州传统民俗的代表，得胜鼓在今天不光是一组表演的鼓队，它似乎承载了更多的东西。循着鼓声，它可以告诉我们很多。

得胜鼓可以告诉我们徽州的由来。原本在中原地区敲得震天响

※ 得胜回朝

的鼓声和阵仗，居然可以成为徽州乡野的音乐图腾，这样的文化记忆，显然是中原地区世家大族整体内迁带来的。无奈和仓皇中，先人们并未丢弃对于祖先的敬仰和膜拜。在徽州明媚的山水里安顿好家园之后，他们把目光投向行李里最大的包裹，小心翼翼地拆封，得胜鼓在异乡露出真容，用鼓槌轻轻敲击，鼓声依旧慷慨浑厚，只是里面多了乡愁的成分。叶显恩先生说："衣冠大族移住徽州后，艰难的环境铸就了其刻苦耐劳的坚毅性格和奋发进取的精神。"或许，得胜鼓也是一路为徽州的崛起在加油呐喊，是先人们珍藏在心的一份力量吧。

得胜鼓可以传递给我们徽州的荣耀。2010 年 6 月 23 至 27 日，

※ 得胜鼓少年

是上海世博会安徽活动周时间，按照安排，在世博园里要举行"安徽风情，欢乐世博"大巡游，代表安徽形象和文化的巡游队伍一共四支，打头的便是休宁得胜鼓。我有幸是这支队伍的领队。那一周，我们每天都要在人潮涌动的世博园里弄出很大的响动，巨幅杏黄"得胜鼓"大纛吸引无数游人的目光，鼓手皆古代武士打扮，头戴斗笠，短打紧身，十字披红。一队人马颈挎皮鼓，右手紧握鼓槌，左手高举键铃，伴着行进步伐猛力击鼓；另一队人马手持檀木夹板，在行进中击拍，发出韵律十足的清脆响声，铿锵激越，闻之怦然心动！

※休宁得胜鼓在上海世博会巡游表演

2015 年，中央电视台国际频道要为休宁做一个节目，《城市一对一》选择了萨尔斯堡和休宁，要向全球电视观众展示休宁的特色，得胜鼓再次进入编导的视野。在中央电视台的演播室，我们向大家讲述得胜鼓的由来、分享得胜鼓的激情、追忆徽州的故事。后来，节目组到休宁来拍摄外景，在状

※ "花式"得胜鼓

元广场,威风凛凛的得胜鼓队从古老的钟鼓楼大门里走出,旌旗猎猎,鼓声激昂，随着阵形眼花缭乱的变化，一瞬间，让人回到了金戈铁马的岁月。节目播出，得胜鼓为休宁平添英武之气，再次扬名世界。

得胜鼓还可以为我们解读什么是徽州精神。几年前，市里要举办一个全国性的赛事，开幕式文艺演出的领衔又是得胜鼓。鼓手全部来自县里的一所职业中学，几十名十六七岁的学生青涩里透露着蓬勃的青春气息。开幕式现场导演来自大城市，让人意外和不解的

※ 二十世纪六十年代末屯溪各小学千人广播操比赛

是，这位大导演在排练过程中，对得胜鼓队伍极尽批评、挖苦之能事。其实，得胜鼓的表演时间只有一分钟，两队鼓手要呐喊着从两侧的过道冲上舞台中央搭建的高台，然后进行短暂的表演。学生们非常努力，一遍一遍地呐喊、冲锋、击打，但导演每次都不满意，手里持着话筒，用很高的声音讲得胜鼓队的不是，甚至嘲讽，这样的做派让人愤怒，但为了大局只有无奈地接受。只是苦了这群年轻的学生，他们只是业余的鼓手，有自己的学业，并没有做成尽善尽美的专业要求，这次演出恐怕留给他们的只有苦涩和沮丧了。

终于，到了开幕式开始的时刻，我走到两侧过道，看到的一幕让我震撼：得胜鼓队结成齐整的队伍，像一只蓄势待发的猎豹，每个人的眼神刚毅而坚强，亮晶晶地射向前方，他们手里攥住鼓槌和夹板，肩膀紧紧靠在一起，相互小声提醒着，全然是准备献身的纯粹和勇敢。在他们身上，我看不到一句责骂带来的自弃，也看不到无数次辛苦带来的厌烦。他们只是屏息等待，他们只是全神贯注。

　　那一刻，我的眼眶不禁湿润。我也突然顿悟，所谓的徽州文化，或者说徽州精神，莫不就是在经历了坎坷之后，在经受了侮辱之后，还能执着、无畏，还能把苦和屈辱咽下，把决然和奋争拿出来的一种姿态和行为。

　　顺便说一句，那次开幕式，这支得胜鼓队表演分毫不差，无懈可击。

阳光照进西园

　　十一月中旬，在北京时，我便与胡忠良先生说好，待他来休宁时，我们安排出一天的时间，清清闲闲，信马由缰，约上三五好友，到乡下盘桓消闲一日。

　　哪知到了万安的古城岩，我们便迈不动脚了。这是休宁的初冬，

※ 天地之间

胡忠良先生前一日在新落成的海阳书院讲了一课，"皇帝身边的休宁读书人"是胡忠良在皇家秘档里的发现，是他研究历史的邂逅和心得，更是一个地方曾经辉煌与气度的观照。这堂课带给状元县全新的体验与感怀，崭新而古朴的海阳书院洋溢着挥之不去的愉悦和微醺。

那天天气也出奇的晴朗，碧蓝深邃的天际映衬着粉墙黛瓦的书院，"尚礼尊儒，到此堪寻名士迹；崇文重教，于今不废读书声"。寻着历史的解读，我们可以走进古城以往的故事；借着书院的敞亮，我们可以瞭望休宁新时期的身姿。这样的文化雅会让所有的人感慨并感动。

第二天，依旧是晴好的天气，我们一踏进古城岩幽静的西园，眼睛就被白花花的阳光打了个趔趄。

西园在古城岩万寿塔下，这座别致精美的建筑其实是一座花厅，原建在海阳苏家巷，是清代海阳汪家大厅的一部分，直观地展现了那个时代徽商富足的生活水准和雅致的文化品位。大厅的左边是一条走廊，右边是一座家庭戏台，化前月下，歌舞升平，这方小小的戏台，不知演绎过多少雅事，也不知寄寓过多少代主人的抱负。厅的前方是一口水池，澄静无争的模样，栏柱围绕，水池上方是宽大的天井，光鲜明亮的阳光就是从天井的上方倾泻而下，照在水面，又投射到西园之中，整个西园因之生动流畅、温暖清新。

　　一张八仙桌稳实地沐浴在冬阳下，七把太师椅虚位以待。

　　胡忠良，中国第一历史档案馆研究馆员，北京大学客座教授。因金榜与状元县结缘，数次访休，开讲海阳课堂，策划皇家秘档展览，被休宁县人民政府聘为高级顾问。学问满腹，见识卓越，却又低调

※ 西园门前

内敛，待人真诚。一生游历海内外无数地方，尤对休宁喜爱有加，对徽州文化充满敬意。

陪同胡教授的一共六人，大家在西园的阳光边站住，连声赞叹，然后以一种仪式感的庄重，幸福地坐进西园的阳光里，舒服地靠着太师椅背，摩挲着八仙桌桌面，看阳光在古老的木质上轻盈舞蹈，捕捉若有若无的穿堂风摇曳梁上的红灯笼和戏台的窗影，欣赏溶进蓝天的万寿古塔身姿巍峨。

纷繁而有趣的话题一个又一个地打开，从遥远的紫禁城到眼前的古城岩，从北京的皇家风范到徽州的乡俚民俗，从现代的价值坐标到古代的人文取向，这样的闲聊漫无目的却兴致盎然，这样的聚

※ 西园戏台

会没有主题却心心相印。西园的阳光与我们不离不弃，空气异常干净，光影里可见纤细的尘埃缓缓移动，也有一种赶趟似的兴奋。

胡忠良先生感慨，以前去丽江，那些酒肆茶座，人为地营造出让人"发呆"的情境，引得都市的小资们"依景设调"，何其假也。现在的西园，阳光满屋，大家快意畅谈，何其真也。

中午临近，太阳当头。大家说，肚子饿了，该吃"日当头"（徽州土话，"中餐"之意）了。于是，从附近的万安镇上的土菜馆叫来几盘土菜，一只火锅置于八仙桌上，阳光直射菜肴上，热气经久不绝。大家以茶当酒，畅饮起来，气氛愈加热烈。

纪明席间上了戏台，为大家亮起了金嗓子，一首《江山无限》荡气回肠，一曲黄梅戏《女驸马》婉转入耳，一段京剧《野猪林》慷慨激昂，低回间沉郁有力，高音处有如裂帛酣畅。六位看客如痴如醉，拍手跺脚，大呼"过瘾"，都说，这样的西园"酒宴"，是真正奢华的享受。

"茶酣耳际"之时，胡忠良先生急急起身找笔，他说，我要写首诗。于是，就着一张小小的白纸片，大家争先推敲起这首由胡先生捉笔、极有可能要"流芳后世"的主题诗，最后定稿的诗是这样："千里寻茶古城岩，王谢遗韵仿七贤，红躩一曲遏淡云，塔影冬雀过西檐。"纪明铺开宣纸，蘸墨疾书，顷刻，一幅气韵灵动的书法

※二十世纪五十年代的万安码头

作品呈现眼前，西园的冬阳照在这首诗上，更显墨迹盎然、趣味横生。我们提出，要将文人的"酸气"进行到底，遂依年龄大小，逐一在诗后写下姓名，摁下手印，成梅花状，自称这是"梅花七贤"了。

大家笑说，今日是"七贤"聚会，下次该要邀上一位女性，这样凑成"八仙"，可能更有兴会。

这些活着的字

所谓古人，肯定是一群和我们不同的人，我猜想他们有诗人情怀，兼有匠人心智，单纯如赤子，纯粹如哲人。走进齐云山，看到他们着迷、着魔般地立下那么多碑、刻下那么多字，愈发觉得是。齐云山是一座真正的文化大山，起码是古人心灵和精神的寄托和皈依，要不然，就不会留下如此众多瑰丽雄浑的人文景观。

1978 年，我读小学四年级。暑期到父亲工作的岩前粮站住一段时间，每天清晨站在院子里，仰头就是这座山，岩壁巍峨，云雾缭绕，目力所及，竟有隐隐的房舍立在危岩之上，遥远如天边的仙境，却又真切得触手可摸一般，这种感觉真是奇妙极了，仿佛一个离奇的童话就在身边。这样的山和我们通常见到的山区别实在太大，它是如此契合一个少年的奇思妙想，提擎他的想象到达宽广、自由的天地。

可是，这座山终究不能前往，大人们好像对此熟视无睹，对上山游玩的请求唯有一哂。有一天，好像从天而降，我的班主任姚老师风尘仆仆来到岩前，他此行的目的就是游览齐云山。第二天一大早，

姚老师就带着我开始攀登这座山。感谢老师，让我有机会提前进入
这座日思夜想的神山。

谁会想到，这座神秘美丽的山竟是一座破碎的山，我们进入每

※ 二十世纪六十年代的方腊寨。这里是道教名山齐云山的重要景点，
坐在崖壁上静观对面的莽莽群山，心胸会浩大，心思会缠绵

一个岩洞、每一座道观，就是进入一处处残垣断壁的战场，瓦砾、尘土、朽坏的神像、歪斜的神龛，一切一切，像极了电影里洗劫后的场景。记不清在哪个岩洞，我居然看到碎瓦之中有一个孙悟空的头颅，他英勇的身躯到哪里去了？没人知道。只有他师弟猪八戒庞大的体躯陪着他，悲壮且悲凉。

※ 碑刻

那天好像是个阴天，眼前的一切像一部本色的电影，略略让人有点丧气，分明是被恶狠狠打劫了的，然后人去楼空……但就是年少的我也知道，这地方分明曾有过庞大的阵势，有过许多华丽优雅的往事，只是我们看不见，一切都被无情地摧毁了。但不经意间仰头，会看到那些挺立的石碑，看到那些刻在崖壁上的汉字，字还活着！一瞬间，那些破碎的梦仿佛回转而来，像是惨烈的战场依然有一支顽强的军号在吹响，或者像是一个穷困憔悴的美人，哪怕困在灶间田头，她疲乏的眼眸里依然带着贵族气，让人在心酸中还能感觉到高贵。

我们走到一天门的天然进口，豁然开朗的空间，仿佛凭空移来天外的巨幅崖壁，"天开神秀"四个大字，一撇一捺，就那么气定神闲地高居在丹霞之上。它的周围布满各式崖刻，阵势庞大，绚美至极。姚老师"哎呀"一声，久久立着发呆。

三十多年来，我曾经无数次来过齐云山，每次走到一天门，耳边都会响起姚老师那句惊叹。崖壁上的字争先恐后地涌入眼帘，力道千钧却又飘逸俊美，仿佛挟着风，呼啸着腾空而起，定睛一看，在那些陡峭得让人晕眩的石壁之上，它们各各盘踞天险，守护一方，宁静而安详。我真切地感到，无论是在香火鼎盛的时期，还是遭到浩劫的年代，齐云山都是一座有尊严的山，它的内核体现着对自然和文化的极度敬畏，这种敬畏，超越热爱，超越兴趣，甚至超越宗教。

※ 月华街

朱熹在《中庸注》中说"君子之心，常存敬畏"，正因为爱得深沉和恒久，齐云山，才那样温厚隽永。

是的，有谁能在这些文字前无动于衷呢？从一天门到真仙洞府，从紫霄崖到石桥岩，蔚为壮观的一千四百多处碑刻和摩崖石刻，有的镌刻于千尺丹崖之上，有的雕刻在幽深岩洞之中，有的书写在厚重青碑之躯，这些星罗棋布的碑林石刻紧紧依附着齐云山，不离不弃，像孩子紧紧拉着母亲的手。巨者数丈，如紫霄崖下由明代著名书法家唐寅撰文的《紫霄宫玄帝碑铭》；小者盈尺，像那些高踞绝壁之上的惊叹和喝彩。诗、词、歌、赋，记、表、铭、文，赞美讴歌，情深意长，记述明理，言辞达意。楷、行、草、篆、隶俱全，欧、颜、柳、苏、黄、米、蔡多家俱在，各显其长，或柔婉娟丽，或疏阔狂放，或严谨庄重，像是春天里齐云山上的百花齐放，它们仰着天真无邪的脸庞，承接雨露和阳光，沐浴花香和野风，千百年来，以恒久坚持的姿态，在无限的沧桑中，传递文明的薪火和生命的激情。

不久前，我们又一次来到齐云山，这是一次有目的的寻访。休宁县政协文史委员会将为齐云山的石刻出一本书，书名就叫《齐云读碑》。我们轻轻叩问每一块石碑，仔细打量每一处崖刻，在这些融雄伟与清逸于一体的风景前，几百年前的古人又一次来到我们眼前，他们的感叹，他们的叙说，他们的口气，清晰如昨。沉稳的朱

※ 摩崖石刻群

※ 天开神秀,大道齐云

※ 一天门的石碑

※ 寿字崖

※ 齐云山玄天太素宫废墟旧址——暴露在天空下的神台

熹在这里也作少年狂："山行何逍遥，林深气箫爽"；风雅的唐伯虎兴致盎然："霜林着色皆成画，雁字排空半草书"；道人明镜叹道："菩提本无树，明镜亦非台，原来无一物，何处染尘埃"……这实在是一件有意思的事，齐云读碑，就是会晤那些内心丰富、情感炽烈的大文学家、大艺术家、大书法家和绝顶厉害的能工巧匠们。

　　在齐云山，他们一直活着。因为，他们留下的这些字一直活着。

附：

齐云山主要摩崖题字简介表

内　容	题字人	字体及规格（厘米）	年　代	镌刻位置
云　岩	程　珌	楷书	南宋宝庆三年	齐云岩
天桥岩诗	邹补之	楷书	宋	石桥岩
亘古奇观		楷书，字径120	明正德三年	石桥岩
大石桥		楷书，字径150	明正德年间	石桥岩
紫霄崖	汪泰元	行书	明正德八年	玉虚宫崖壁
福寿康宁		楷书，字径115	明正德年间	石桥岩
真仙洞府	汪泰元	楷书，字径72	明正德年间	黑虎岩
秀拔诸峰		楷书，字径120	明嘉靖四年	紫霄崖
白岳山房	方　豪	行书，字径17	明嘉靖四年	二天门下
最高峰	方万有	楷书，字径103	明嘉靖三十六年	最高峰
天开神秀	吴　蕃	楷书，字径120	明嘉靖二十八年	真仙洞府危崖
齐云胜景		行草，字径120	明隆庆元年	黑虎岩
天造名山	彭维亨	行书	明嘉靖四十三年	插剑峰
第一蓬莱	朱素和	行书，字径60	明嘉靖年间	石门岩
奇峰独拔	胡　宥	楷书	明万历八年	百步云梯顶
东南名岳	楚龙德	楷书，长360，高47	明万历九年	玉虚宫左
蓬壶深处	周履靖	篆体，长213，高57	明万历九年	小壶天
飞举冲霄	刘朝用	楷书	明万历二十八年	真仙洞府
雪峰晴雪	三石山人	楷书，字径50	明万历年间	隐云峰
白云深处		楷书，长570，高127		楠木谷东岳庙右
真灵伟迹	周履靖	楷书	明万历年间	真仙洞府
白岳山人	詹景凤	行书，字径38	明万历年间	真仙洞府
文昌正路	刘守复	楷书，字径135	明万历年间	三姑峰西
玄天妙境	俞　华	楷书	明	真仙洞府
法霖玉界	紫郝君	行书	明	黑虎岩
廓　崖	耿随卿	楷书，字径113	明	最高峰

续表：

内　容	题字人	字体及规格（厘米）	年　代	镌刻位置
寿		楷书，字径230	民国三十一年 程敦裕重刊	寿字岩
复还天巧		楷书，字径110		天门岩上
天开图画	龚锡蕃	行书， 长560，高132	清康熙五年	黑虎岩
齐云岩诗	曹熙守	楷书	民国二十年	插剑峰东
方腊寨	赖少其	楷书，字径31	1979年	独耸峰北

齐云山主要碑刻简介表

碑　名	作　者	字体	面　积		年　代	地　点
			高(厘米)	宽(厘米)		
石桥岩记		楷书			宋熙宁九年	石门寺遗址
菩提本无树	明镜道人	楷书			宋绍熙年间	石桥岩
紫霄宫 玄帝碑铭	唐寅撰文 汪肇篆额 戴炼书丹	楷书	760	140	明正德年间	玉虚宫左
白岳山人传	方　豪	楷书	47	632	明嘉靖四年	真仙洞府
白岳山诗	苏志峰	草书	67	38	明嘉靖 十四年	真仙洞府
齐云山诗	郑鹤峰	楷书	41	270	明嘉靖 十八年	真仙洞府
望齐云山	罗敬远	草书	103	53	明嘉靖 二十年	真仙洞府
题齐云山景	汪　竹	楷书	27	43	明嘉靖 三十二年	真仙洞府
玄帝传	嘉靖御碑	楷书			明嘉靖 三十七年	玉虚宫内
望白岳 仙人诗	王　概	草书	137	68	明嘉靖 四十四年	真仙洞府

续表：

碑　名	作　者	字体	面　积		年　代	地　点
			高(厘米)	宽(厘米)		
登齐云山诗	周思久	草书	121	67	明嘉靖四十五年	真仙洞府
白岳修路记	王景象	楷书	261	63	明隆庆元年	一天门内
游齐云岩诗	段朝宗	行书	140	80	明隆庆元年	一天门内
再游齐云岩	崔孔昕	行书	157	76	明万历元年	一天门内
登齐云夜宿太薇楼	萧敏道	行书	110	44	明万历三年	一天门内
仙关磴道挂晴空诗	舒邦儒					
胡　宥		行书			明万历五年	碧莲池崖壁
重葺玄君殿记	周天球	行书	232	87	明万历八年	三天门
石桥岩记	吴子玉	楷书	163	49	明万历十二年	石桥岩
登齐云排律八韵	綦才	楷书	212	83	明万历二十三年	一天门内
白岳诗	汪先岸	草书	112	54	明万历二十五年	一天门内
齐云山谣	程信	楷书	257	89	明万历二十七年	望仙亭内
云天佛国	何寿南	行书	107	44	明万历三十八年	二天门下
三十六洞天碑	汪泰元	楷书	270	37	明万历年间	八仙洞内
七十二福地碑	汪泰元	楷书	37	327	明万历年间	八仙洞内
新安仙释碑	汪泰元	楷书	176	37	明万历年间	八仙洞内
天门倚云石诗	卢俊	行书	112	27	明万历年间	一天门内
戊子秋夜登齐云	彭好古	楷书				一天门内

续表：

碑　名	作　者	字体	面　积		年　代	地　点
			高(厘米)	宽(厘米)		
初登白岳山有感	袁　炜	草书				一天门内
登天门碑	金　塘	草书				一天门内
寒光荡眼万缘空		草书	42	96	明崇祯九年	一天门内
飞升台藏经楼记	胡时乘	楷书	141	53	清顺治年间	宜男宫前

那一场通宵等待

在这一段阴雨无休的日子里，有一天中午，电视里放着一个学唱黄梅戏的节目，大家好玩，跟着里头的黄新德咿咿呀呀地唱几回。奇妙的是，在它的戏词和唱腔里，分明真切地感知到了春寒中的温暖。

现在的年轻人是不唱黄梅戏的，同我读中学的儿子讲黄梅戏，他会惊诧于我的老土。但是，就是这一种"土"的戏曲，实实在在浸润过我们的少时。

　　三十多年前的一天，璜茅村的露天电影场已经密密麻麻地摆好了凳子，从正午开始，这些凳子就以一种仪式感的姿态，傲然地立在阳光里。整个村子虽然表面还保持着安宁，实则已经隐隐地躁动了，所有的男人女人、老人小孩都沉浸在期盼中，大家知道，今晚上映的电影是《天仙配》！这是璜茅村的一个大事件，它的影响力波及全村的每个角落，甚至盲眼的外号叫"鸟啄牌"老人，也热切地向人打听，"电影片"来了没有？大家都知道，《天仙配》是何等抢手，附近十几个村庄都在虎视眈眈，期望在第一时间抢到村子里来放映。璜茅村资深放映员胡大进同志一早就乘车到五城区里去了，他将使出浑身解数，争取把"片子"弄回来。其实，这是一桩没什么把握的买卖，区里管着好几个公社，每个公社都有好几个像璜茅这样的大村子，各有各的门路，情况很复杂，竞争很激烈。大家早早地抢好位置摆好凳子，不光是一种等待和守候，在某种意义上，更像是在大后方对胡大进同志肩负使命的一种精神声援。

　　夜幕降临，我家门口的放映场已是人头攒动，璜茅村一千多号人几乎全部聚集在这里，包括"鸟啄牌"老人，也无须家人照应，颤巍巍地从桥上走过来，安然地坐在人群中的一把小竹椅上，听着周遭的喧哗，脸上布满幸福的神色。从我家搬出的那张八仙桌已经稳稳地摆在场地的中央，它是整个事件的中心——充当放映台，此刻，

※ 天仙配剧照

这张八仙桌享受着无上的荣耀，桌面被擦得纤尘不染，一盏雪亮的灯泡炫目地照着，那架精巧的放映机优雅地架在桌上，只是缺少最重要的物件——拷贝，也就是"鸟啄牌"老人最关心的"片子"。没有哪个人、哪个小孩去黏靠桌子和机子，尽管四下里已是嘈杂纷乱。放映机静静地以一种待命的方式呈现在大家眼前，高贵而不矜持，坚毅而不放弃，在乡村的夜里，同一千多名璜茅人一道，等候《天仙配》的到来。广场两侧临河的位置，齐整码放着新砍的柴火，坚硬的枝干上还留着新鲜的树叶，树叶上已经沾挂了新鲜的露水，虽然它们被柔软而坚韧的藤条绑束，但依然释放着特有的清香，明月下的深夜，这清香味配着隐隐的河水声，分明涌动着《天仙配》般动人的情思……

然而，七仙女这些天上的美女，虽然把每个人的心思塞得满满，但她们的倩影终究难以追慕。夜越来越深，挂在我家墙壁上的白色银幕越来越模糊，也许，它也承受不了那么多期待的目光。此刻，璜茅村的几位领导和几位资深村民正在放映场边的大队部里紧张磋商，以每隔十五分钟的频度，用全村唯一的一架摇把子电话机，同前方的大进同志作着艰难的联系和沟通。断断续续的，不好的消息不断传来，"片子"已被别的大队抢走，而且，跟在它后面的有好几家！大队部的气氛凝重而严肃，像正在作战的前敌指挥部，同外边的气氛形成巨大反差。大进同志沙哑着喉咙，无奈地报告着情况，坚定地表着决心，他说，只要大家能等，他保证在今晚把片子拿回来。

消息传到外面，全体等候的观众无不深受鼓舞，"鸟啄牌"老人感叹道，今夜，大进吃苦啦！哪有我们这样舒服，只管靠在椅子上等就是了。

《天仙配》好像存心要考验全体璜茅人的耐心和意志，午夜一过，大进的声音在话筒里彻底消失了。怎么办？一个哈姆雷特式的问题摆在大家面前，此时，几乎所有的人都坚定了同一个信念：等！一直等下去。

三十年后的今天，我在想，是什么力量让璜茅人坚持地等待？应该是《天仙配》这部片名吧，如此浪漫的期遇，如此奇巧的构思，如此让人牵挂的人物命运，早让璜茅人心心念念了，还有那美轮美奂的黄梅戏唱腔，该是多么让人心醉。

为她等上一宿，值得！

接近拂晓时分，一场春雨不期而至，噼里啪啦的雨点砸在银幕上，大家手忙脚乱地卷下银幕，抬了桌子，提着椅子，拥进大队部，刚刚在台上挂好银幕，一个天大的好消息风一般地传进来：大进已经拿到片子，《天仙配》马上就到！

大队部欢腾的气息还未消停，只见风尘仆仆、蓬头垢面的胡大进同志提着两只装片子的铁盒匆匆走进大队部，已经满满当当的人群迅速分开一条通道。大进没有和任何人讲话，他矫健地从一条条凳子上迈过，很快来到我家的那张八仙桌边，在全体观众屏息期待下，娴熟地取出片子，装上放映机，连接上胶片，随手将桌边的电灯关了，一拧放映开关，"啪"的一声脆响之后，整个大队部霎时一片寂然，黑暗中，一团明亮的光束射向银幕，天庭的场景徐徐出现，仙女的倩影梦幻般来到眼前，随即，悠扬动人的黄梅戏婉转多情而至——这一场天上人间让等了一天一夜的璜茅人热泪盈眶……

现在，我们再来听黄梅戏，听《天仙配》，听董永憨厚悲苦的告白，听七仙女婉转多情的表述，在这些中国戏曲最完美动听的唱腔里，体味爱情的坚贞和生命的守望，品察人性的高洁和人心的温暖。浮出我脑际的，却是三十多年前，璜茅村大队部里那些守候通宵后依然兴奋幸福的眼神。

钟鼓楼的风铃声

把手头事做好，已是午夜。从办公室掩门出来，寂静的微风里突然一阵叮当作响，有如佩玉撞击之声。一时恍惚，瞄了一眼矗立在夜空的钟鼓楼，便明了这美妙之音原是钟鼓楼四角檐底挂着的风铃在迎风吟哦。

午夜的天空极晴朗，也极宁静。苍穹里月光如水，泼亮钟鼓楼

※ 状元博物馆夜空下的亮色

后进的庭院，"平政堂"愈显庄重，古色古香的廊柱、梁架、斗拱在月色中泛着清光，而屋瓦是一水的乳白，层层叠叠，幽雅地散漫开，仿佛要从檐口流淌下来，却悠悠地收住，在高处怡然自得地氤氲着。

"平政堂"前这块铺着红麻石的庭院，被月色浸泡着，幽静而空灵。高高的桂树伸出几枝树丫，在地上幻成浅浅的影。心念一动，受了风铃声的挽留，就在这幽静的庭院里，在这空旷的月色里信步走走。自然想起九百多年前苏东坡那几句关于月光下树影的话，只是伴我的没有同道的朋友，只有充满性灵的钟鼓楼风铃声。这声音在寂静的夜里分外清晰，清晰到每一道声音的纹理都听得到，在风的鼓动下，铃槌和铃体亲密接触，热烈撞击，那清脆和浑厚相融的铃声，有小桥流水的韵致，又依稀洪钟大吕的张合。风缓的时候，似乎一点幽幽的哀怨；风紧的时候，全然是顽皮的放纵。

眼前的这座钟鼓楼始建于元代。公元 1345 年初春的一天，浙江吴兴人唐棣来到休宁海阳，接任丁敬，担任休宁县的县尹。当他走进休宁县城时，突然发现这座典雅文气的县城缺少点什么。胸怀大志、满腹诗书的年轻县太爷到任后的第一件事便提出要在县衙前修一座钟鼓楼。他的想法得到当地人，特别是文人巨贾的响应。用不着太多的鼓动，县城的十四户富户慷慨解囊，集资修建钟鼓楼。至正五年（1345 年）六月的一天，在海阳炽烈的阳光下，唐棣在县衙前的空地上，用力铲下第一铲土。他放下铲子，郑重地向十四位捐资的绅士作揖感谢，围观的海阳居民情不自禁叫起好来——钟鼓楼在这一天正式破土动工。

五个月后，已到海阳的秋天，一座雕梁画栋、华丽雄健的两层楼阁建筑坐北向南，拔地而起，矗立在县城的中心，仿佛是这座古城的定海神针。唐棣在休宁为官五年，这位以诗话称世的读书人，却是一位敢作敢为、锐意图新的改革者。当时的官场所为"习于贪鄙且税又不均"，唐棣"一覆而正之"。同时，他大力兴办学校、书院，培养人才，振兴教育，使得休宁政风清明、人才涌现。五年后，唐棣改任他地，海阳百姓依依不舍，在钟鼓楼前结队送别，此

※休宁中国状元博物馆

情甚为感人。唐棣对休宁充满感情，他自号"唐休宁"，拳拳之心，可见一斑。

"天明击鼓催人起，入夜鸣钟催人息"，唐棣虽然走了，但钟鼓楼永远立在海阳的土地上，成为晨钟暮鼓的公共报时制度，成为县城的标志和象征。从此，每天的黎明和黄昏，洪亮的钟声和沉郁的鼓声都会从钟鼓楼上传出，引导着这一方乐土之上的黎民，在漫长的岁月里繁衍生息，创造着属于自己的生活。

风停了，风铃声也歇了，像是要收心结束这快乐的游戏，世界霎时沉寂下来。可是不一会儿，风无缘由地又来了，钟鼓楼上忙不迭地又奏起高低错落的乐章，各色好听的声音如精灵般在夜空舞蹈。在沉寂和热闹之中，我仿佛听到了历史的跫音，就借这一次晴朗的深夜，就借这一次风的呼唤，钟鼓楼在风铃声里守望历史、放眼将来。风无数次的弹奏，是无数次历史的咏叹；铃声无数次的远送，是这座不老的城楼对未来的迎迓。"逝者如斯夫"，可是往事并不如烟，历史不断地陈旧，却又不断地被创造。

海阳钟鼓楼是一座多灾多难的楼阁，据道光《休宁县志》载：海阳钟鼓楼自明洪武二年起（1369 年），历经兵灾火焚，迄至清代康熙五十五年（1716 年），就曾先后重建过八次。但钟鼓楼一次次从烈火中涅槃，从毁灭中新生，风骨依然，精神不倒。进入新时期，钟鼓楼再次成为世人瞩目的焦点，一座展示中国第一状元县、传扬状元文化和徽州文化的博物馆在这里诞生，在它的正中檐口下，悬挂着"中国状元博物馆"的金字匾牌，虽然没有晨钟暮鼓的击鸣，但文化的崭新篇章在这里精彩铺陈，文化的金石之声激越催人。

德国学者西拉姆说：人类如果想要看到自己的渺小，无须仰望繁星闪烁的苍穹，只要看一看我们之前就存在过、繁荣过，而且已经灭亡了的古代文化就够了。这一刻，我从空阔的状元广场走过，从月色下古老的钟鼓楼前走过，从那许多美妙的风铃声里走过，确乎觉出了自己的渺小，也觉出了自己的幸福。

松萝山一日

这应该是春天里的一个好日子，预报中的坏天气还未来得及赶来，不温不火的阳光照着平和的山野，烂漫的山花肆意开放，清爽的山风缱绻流淌，让人对季节的麻木开始苏醒。在这个时候走进松萝山，也算是平俗日子里的一桩快事了。

松萝山大名鼎鼎，在清代，它被尊为休宁县六十四座名山之首

（我们的老祖宗们真有雅兴啊，居然不嫌麻烦地评出六十四座名山）。它在山界的老大地位，很大程度上得益于山中所产的松萝茶。这种茶叶创制于明初，被尊为炒青型绿茶的鼻祖，在茶界享有无上的名声。好多年前，为拍一个松萝茶的专题片，我同台里老资格的何平老师一道，取道柳州村，翻山越岭直扑松萝山。也是映山红开的季节，我们采一把最艳的映山红，将它置于镜头前，然后透过山花拍摄松萝山下的福寺村，这种蹩脚的布景，倒让茶季里寂静的村落添了几分妩媚。在村里吃过午饭，我们背着笨重的机器开始爬山，爬山的过程自是艰苦，登顶后的豪情也让人欣悦。至今犹记同何平立于山巅，浴风抒怀，畅快至极！何平老师一缕最长的头发被松萝山的山风吹

※ 村庄和茶叶不离不弃

起，久久盘桓、飘扬在主人日见稀发的头颅之上……

　　然而这次登松萝山最是轻松愉快，空着手，醒着脑，放着心，一行人笑语喧哗逶迤而行。山间自是清寂，阳光照样和煦，让人怀疑这好生生的时光怎能这样唾手可得？偶遇几个上山挖笋、采茶的农人，攀谈几句，平平静静的。当他们的背影慢慢融进更崎岖的山道尽头时，猛然意识到，他们才是一辈子同松萝山相依为命的人，他们的沉默、勤劳、坚韧，也许就是这座山的本质吧。

　　我们同松萝山人比起来，肯定是一群肤浅的人。我们的些许感悟，我们自以为是的文化，放在为生存而艰辛的困顿里，放在为生活而不懈的劳作里，简直就是一文不值。但这群人的态度是真诚的，登上山来，老的少的，对着山谷齐声呼喊，举起相机一通猛拍，在一人高的茅草丛里上上下下寻找古寺、古碑的遗迹，在山上名叫大椅背的茶园里左左右右寻找千年古茶棵的身影，向带路的村长使劲打听松萝山的典故传说，还后悔没带一面旗帜上山，上书"松萝山寻根"五个大字。

　　所谓"寻根"，是一个用滥的词，但在松萝山用一次，倒也切题，毋庸置疑，这里有茶叶的根，有文化的根。从徽州历史和徽州文化的大背景看，休宁是一处极有底气的地方，承千年文脉，集九州灵秀，人文的底蕴使得这里卓尔不凡，松萝山就是一例，松萝茶就是

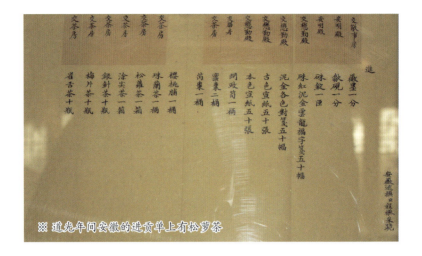

安徽巡抚程楙采呈

※ 道光年间安徽的进贡单上有松萝茶

一景。那年在北京的中国第一历史档案馆，我们居然查阅到一份道
光二十一年（1841年）安徽巡抚的进贡单，上面清楚地写着"松萝茶"
的字样，就是说，皇家档案记载松萝茶至少在道光年间就是皇家贡
品，也可能眼前这几株老茶树的茶叶，当年就泡在皇帝品茗的那盏
龙杯中。

　　松萝茶现在名声更响，与一桩历史大事件有了关联。1987年，
深埋两个多世纪的"哥德堡号"沉船被重新打捞出水，人们惊异地
发现，分装在船舱的三百七十吨茶叶一直没被氧化，其中一部分还
能饮用，竟然还有淡淡的茶香。这种神奇的茶叶是哪个地方的？一
时间，众多茶家纷纷来认领，但中国茶叶博物馆的专家认定，这种
蕴涵了两百多年茶香的茶叶就是中国休宁的松萝茶。

　　在这个春天里，古老茶乡休宁与中国茶叶博物馆联合举办了一次"百年松萝回娘家"的活动，1743 年，从休宁出发，劈波斩浪，远嫁他乡的松萝茶，跨越遥远的时空，回到了自己的故乡；二百六十多年前从徽州起航，带着历史的记忆和咏叹，带着新生的祝福和感怀的松萝茶，回到了自己的故乡。此情此景，怎不令人唏嘘感叹！

　　我们在山上歇息，眺望，聊天。老实说，现在的松萝山看上去极普通，古人所描绘的那些"四时山色涵空翠，万折泉声泻断虹"的妙境已了无踪影，只有普通的山色，只有茂盛的茅草。但山上的茶树精壮青翠、精神抖擞，显出一股勃然的生机，一座普通的山，

※ 高山上采茶

因了这许多不凡的茶，变得高大而豁达。

突然有人惊呼：找到了，找到了！就在山上茶园的一侧，齐人高的茅草里，躺着一块两米多高的石碑，这就是传说中的"松萝山碑记"。巨大的青石压在草丛上，像一个巨人在沉睡，他什么时候可以醒转呢？大伙一起用力将石碑翻过来，想看看上面的碑文，意外的是，正面的青石上，居然平整如镜，"字呢？"风化了！想不到松萝山上还有一块无字碑，当然，原先是有字的，只是被松萝山的山风抹去了，它们飘散在时间的云烟中，不知道倾诉的是什么。

下山后，我们在村长家吃了一顿极香的农家饭。闲聊中，村长说，松萝山上原先有一户住家，是一个外地人外出找自己的对象，寻访至松萝山心灰意冷，便在山上结庐为家，后来，同当地的一位女子结了婚。几年后，那女子却跟一个游走算命先生私奔了。这个可怜的人，一生之中遭遇了两次同样的打击，但他依然心有所寄，就一天也不离开松萝山，痴痴地在山上等着妻子的归来……

我们感叹说，这桩事同沈从文先生《边城》的结尾一样，凄美动人。看来，松萝山不光是一座茶叶的山、一座文化的山，还是一座情山。

朱幸福三十七年后的登台演出

当朱幸福站上舞台时，他觉得问题没有自己原本想得那么简单。首先观众太多，礼堂里热气腾腾的，一点寒冬的影子也没有，芜杂的观众席充满期待，这种群体情绪让他既受宠若惊又无所适从；其次，朱幸福觉得三十七年实在太长了，当年那些舞台经验已经跑得无影无踪，尝试着举手投足，都觉得僵硬。他的脑海里竭力闪现了三十七年前郭建光、李玉和等英雄形象，腰板不由得一挺，大声说

※ 祖源民俗节

※ 油菜花里的祖源

了句："下面我给大家演唱革命现代京剧选段：誓把反动派消灭——光！"说最后一个字时停顿了一下，是因为紧张差点忘了，但很快记起，重重地吼了出来。大家以为他是故意这样处理的，台下面一阵热烈的掌声和喝彩声风一般地扑上台来，朱幸福不由得小小踉跄了一下。

这是溪口镇祖源村首届民俗文化节文艺演出的一幕。这一天，天气出奇的好，深邃蔚蓝的天际，映衬着古朴的民居和翠色的山野，冬阳温柔地洒播而来，好像一定要人心生感动一般。不知为何，这个没有精心打理的民俗节却吸引了太多的人，上山的公路早早被堵，山外的游客们居然毫无怨言地步行进村，祖源村从来没有这样热闹和喜庆。村口的广场上，已经张罗开各种民俗样式，打麻粿、做米粿、包粽子、打草鞋……人声嘈杂，热闹不已，大家吃的吃，动手的动手，玩得不亦乐乎，久违的乡愁记忆和童真快乐，让整个村子沉浸在一种曼妙的气息中。而农民文化礼堂里传出了鼓乐歌声，催促人的脚步往里赶，这个节日里的草根舞台是那样让人可亲。

在朱幸福上台之前，村里的文艺队已经表演了好几个节目，广场舞、说唱快板、流行歌曲……演员演得卖力，观众看得给力，掌声、欢呼声不绝于耳，可这对下一位上场的演员来讲，无疑是一种近乎威慑的压力。朱幸福清楚地知道这一点，他清清嗓子，睁大眼睛，用尽气力，从丹田发出声："朔风吹，林涛吼，峡谷震荡。望飞雪，漫天舞，巍巍群山披银装，好一派北国风光……"台下一片叫好。这时，一缕阳光从舞台上方的窗口射进来，正打在朱幸福的身上，好似灯光特效。被这团温暖的金光笼罩着，朱幸福更加看不清台下的人群了，但叫好声一波波传上来，一瞬间让他恍惚……三十七年前，他年纪轻，力气大，嗓门高，是村里文艺队的台柱子，和一群年龄相当的年轻人，排演整出的《红灯记》《沙家浜》《智取威虎山》等革命样板戏，先是在村里演，再下山到镇里演，到哪里都是一片喝彩声。年轻人脚力好，一个晚上可以赶两个场子唱戏。深夜演好了，打着火把上山回家，走在思贤岭上，还可以对着巍巍群山吼上几嗓子，把野兽们吓得跑得老远。那样的日子充满革命激情，实在是太过瘾了！

朱幸福越唱越起劲，感觉自己快飞起来了，一瞬间，时光消退，大地春光无限，自己也幻化成三十七年前年轻的少剑波，依然目光如炬，依然慷慨激昂，林海雪原红旗舞动，白色的披风让英武的剿匪部队平添了梦幻气质……突然，现场伴奏的琴声戛然而止，在全场的愕然中，朱幸福从幸福中回转过来，不解地看着琴师。"哎，我说幸福，你这个高音不是这样子唱的。"多事的琴师不知是出于对艺术的执着和严苛，还是对朱幸福强劲风头的不满，居然在台上发声责难。台下一片善意的哄笑，朱幸福也只有跟着讪讪地笑了。琴声再度响起，这回的朱幸福脑袋里一片空白，声音明显低了下去，犹犹豫豫唱了几句，琴师又坚决停了演奏。许是受了全场气氛的鼓舞，这回他索性站了起来，从台边走到朱幸福身边："幸福，你看啊，最后这个收尾应该是这样唱的——"说罢，他自己摇头晃脑示范了起来，台下的人笑嘻嘻地看着这一幕，这个独唱节目好像已经变成了一个相声节目。朱幸福尴尬极了，心里头有点恼火，但又不能不承认，这个老家伙唱得比自己是要准些。也难怪，他天天一把胡琴，吱吱扭扭，那些调门烂熟于心，自己都三十七年没上台唱过了，就让他讲几句吧。朱幸福心态摆正，神态也自然了些，再唱起来，果然顺畅许多，最后一个高音扬上去，收住，台下是更热烈的掌声。琴师也炫技般地收了最后一个音，高声说了句："对了！"分明是在表扬自己刚刚的教育成果，一下子把大家的掌声收为己有了。

朱幸福已无心思和他计较这些，他鞠个躬，移步离开。走到台边，他有点不舍地回头看了眼舞台，发现先前打在自己身上的那束阳光还在，虽然已经移到舞台的一侧，但依然光亮晃眼，朱幸福不由得心头一热。

老房子

　　世界上的诸多事物在消亡以后，我们才真切地感知它的分量，才起一个心去怀想它。譬如我家的老房子，二十多年来，我总是经常想起。

　　被拆的那天，日头耀眼，没有一丝风，蝉鸣声从各个巷口传来，仿佛是一种告别。垂垂老矣的老房子不知大限将至，依然坚强地挺立着，一口气活了四百年，太长的光阴，太多的沧桑。但老房子肯

※ 它们已习惯了沉默

定记得落成那天的阔气，是一个冬天的晴日，大阵势的落成庆典和大声响的鞭炮声将五城街震住了，黄氏家族的荣光，这一座庞大而雅致的房子足以绽放，此后，这幢房子就庇护着一代代黄氏后人繁衍生息。幸运的是，我的少年赶上了它的暮年，在它四百年的记忆册页里，我和它的相依相伴做成最后十年的封底。

现在，这一群面无表情的匠人们来到它的跟前，没有任何仪式，他们很快搭起架子，爬上屋顶，不由分说地开始肢解。他们熟练地揭去屋瓦，剖开屋脊，卸下房梁，用一根粗粗的绳子轻巧地一拉，厚重的墙体在尘烟中轰然倒塌，狠狠砸在炽烈的阳光里——这样一座经受了数百年风雨的房子便如此轻而易举地被毁灭了。

雕花的梁柱、灰色的砖块和黑色的瓦片散弃一地，像劫后的战场，一瞬间倒叫人想不起它原来的模样，老房子曾经存在吗？也没有一个人因此伤感，

※仿佛有清幽之风吹来

相反的，居住在这座大房子里的几十口人却有一些兴奋：也许这寿终正寝的"祖宗的骨头"还能卖一笔钱供大家来分。

老房子是真切地消失了，这座青砖碧瓦、雕梁画栋的庞大建筑在它的暮年，以憔悴、潦倒的形象与我们作别，个中的况味实在一言难尽吧。老房子是在明代末期修造的，作为五城镇徽商辉煌的一个见证，它所有引以自傲的现在只剩下在《休宁县志》里简短的一段记录。

以后，当我在各地的徽派古民居参观时，心里总有奇异的感觉，仿佛时空转换，我又回到了自己的老家，回到了自己的童年和少年。当游人们津津有味听着例行的讲解时，我便走到离开人群的一隅，看着这些相知相识的结构和摆设，静静地体味老房子的气息，体味时光的忧伤。

时间回转，老房子里居住着七户人家，大多是共一个祖先的亲戚。大家穿堂入室，来来往往，好比一家，虽然免不了偶有磕碰，但总的说来，老房子里亲情融融、笑语不断。特别在吃饭的时候，大家端个碗，聚拢到中厅来，天南海北地开始聊天。宝叔公讲话有点磕巴，跟不上大家的节奏，他就竭力地喊：大家，大家，听我说！大家一阵哄笑，又自管各自聊。宝叔公实在憋得难受，就找我这个小孩来说祖上光荣的事，在五城有多少田园啊，在上海有多少资产啊，等等，使我自小就深得阿 Q 真传：俺祖上也阔过！

七户人家都有老人，均健康长寿，知书达理，有大家遗风。老房子里趣事也不少，譬如我太祖母的哭。每年除夕，丰盛的晚餐开始之前，炮仗声最热烈的时候，她总要搬个板凳到后菜园，坐在青翠的菜地里哭诉自己的命运。她的哭高亢激昂，几乎有惊天地泣鬼神的悲壮。稍后，我母亲等人便去劝慰她，几句俏皮话一说，她老人家定能破涕为笑，乐而返家，畅快喝酒。太祖母姓朱，月潭人，是我太爷爷的续弦，我长大后看慈禧的照片，发现两人的面相居然很相像。当然，太祖母性格刚烈，却又侠骨柔情，尤其大方豪爽，后几年，她在台湾和美国的妹妹居然找到五城与她相认，每次都资助她美元，使她的经济窘境大为改观。大人们经常说起，也使我很小就惊诧于人民币和美元之间有着奇妙的不等兑换。

老房子里还有个盲眼的算命先生，大家都叫他财公。财公有七十多了，他一家三口是土改时分进来的，家境很贫寒。财公的儿子和我同一个班，瘦长而腼腆，晚上常伴一只煤油灯发愤学习，但不知为什么成绩一直上不去，初中毕业后就回家务农了。财公在五城一带名气很大，常有人找上门来算命；更多的时候，财公要外出寻活，他拄个棍子，背把旧胡琴，在街道、乡间踽踽而行，从不会迷路或跌倒，让人不可思议。财公每天清早都有必修课，就是站在

※ 天井里的植物

后门，边跺脚边吐痰，用尽异常充沛、洪亮的声音，似乎决心一清早就把体内的郁闷吐尽。后门边有口井，每天早上不断有人提水，铁皮水桶和井壁石头的撞击声，也不能掩盖财公的跺脚声和吐痰声。没生意的时候，他就坐在一把小竹椅上，仰着头，贪婪地晒着从天井上投射来的阳光。坊间传说财公的瞎眼是伪装的，是为算命的职业服务的。我就下决心驱除恐惧，要彻底看清楚他眼睛的底细，只见深深的眼窝蓄满阳光，光秃秃的，好像并无瞳孔，突然，一滴微小的泪滴在眼窝出现，让我着实受了一惊……

有几次，大人叫财公替我算命，财公总是拒绝，说相熟的人算命不算数的，我到现在还遗憾，财公没有给我留下生命的预言。可能那时我们很野，居然在楼上打篮球，惹恼了他。我和弟弟把两只竹篮的底剪了，挂在楼上中厅两侧的木柱上作篮筐，然后各守一方，展开篮球大战。已经几百年的楼板勉强能承受我们的运球和跳跃，但灰尘纷纷下落，掉在财公的光头上，让他很不爽，他就高声呵斥。大多数情况，我们会停止战斗，也有少数情况，杀得性起，也就不管不顾了。财公无奈地气愤离开，口里说：现在的小孩真不伶俐！

五城中学就在老房子的边上不远，每天晚上我上完晚自习走回家，推开沉重的大门，置身黑漆漆的老屋，心里总有点害怕。当摸索着走到中厅时，就看到楼上房间的玻璃窗里透出黄黄的灯光，心里马上安定而充实。楼上房间的灯下，搁一张民国时期的精致牌桌，我奶奶、银婆、宝叔公和堂叔公围桌玩纸牌，当然要来一点小钱博弈，他们打得异常认真。和几位老人打了招呼后，我会站在边上看一会，这是一天中最安详的时光。

我住在老屋后楼一个曲尺形的小房间，房中有一柱，雕有倒爬的木狮子，每日用它模糊的双瞳与我对视。有两扇不同方向对着天井的木格子窗户，冬日糊上白纸，别有一种暖意，夏天就热得可以。但有一年暑假我几乎很少下楼，整日在小房间里，读一些似懂非懂的大部头书，写一些歪歪扭扭的毛笔字，拉一些咿咿呀呀的二胡曲，并仿闻一多，自以为得意地在门上贴一个条，上书"何妨一下楼"。

现在想起来虽然好笑，却有隔世的趣味。

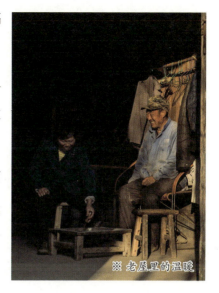
※ 老屋里的温暖

老房子被拆以后，老人们就奇怪地接二连三地生病过世，太祖母、财公、青云婆、宝叔公、银婆，他们五个在两年中相约一般地走了，只有我奶奶和秋红婆还坚持活到了九十多岁。

我总在想，要是像电影倒胶片一样，老房子能重新矗立起来，让昔日重现，我们沿着时光隧道，由各自的路径返回老房子，死去的人和活着的人，大家重又坐在一起，把手言欢，谈一谈分别后各自的境况，聊一聊在路上各自的心绪，诉一诉彼此的念想……那该有多么好。

我现在居住的是一栋楼房的四楼，黄昏苍茫时刻凭栏远眺，目力所及，是这座县城边缘山上的古塔。间或我想起我的老房子，我又听到开启那些高大房门所发出的婉转的声响，看到深夜里中厅天井上的满天星斗，闻到老房子里亲切醇和的气息……

向风中长啸的少年

在撮唇长啸中，风鼓荡而来，整座山野闻声而动，所有的树叶簌簌抖动，翻覆出绿的各种色调。顷刻间，山谷里一片千军万马的嘈杂之声，这巨大的风，穿林过树，朝我们径直扑来，像一张温柔而强劲的天网，把我们严严密密地罩住……

前些时候，去了下坦，这是皖赣交界处一个极小的村子，蛰伏

※ 与世无争的村落

在两道青山之间，永远是十来户的规模，永远是内敛的生存，与世无争的自得快乐中却略略有一些忧伤。但在遥远时光的那一头，这里却是我们少年时的天堂。现在，村子里很静，只有太阳肆无忌惮地照着。我牵着九岁侄子黄啸的手，在似曾相识的农家小道上漫步，三十年前那些光亮的石板、葱葱的大树、黄泥的土屋已经不见踪影，几间簇新的洋楼不合时宜地立在村中——我知道，一座世外桃源般的小村已经不复存在了。后来，我们来到河边，我对黄啸说，我们大声喊几声，一喊，风就会来！黄啸将信将疑。于是我们扯开喉咙，对着河水死劲喊了几声。

"风呢？"黄啸问。风好像并没有来，幽静的河面一丝丝不易察觉的涟漪，算是风对我们小小的回应吧。

然而那时狗仍带我们玩这个游戏，却是屡试不爽的。

狗仍是我家的亲戚，和我同岁，这个浑身是劲的少年仿佛知晓大地上的一切秘密：下河捕鱼，上树抓鸟，手到擒来；

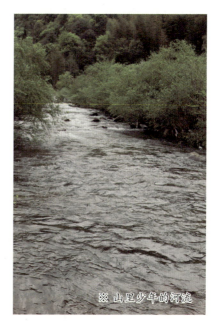

※ 山里少年的河流

识花辨草，种菜砍柴，行家里手。我和弟弟每年暑假都像候鸟一样飞来外婆家，很大程度是因为狗仂在那里，狗仂的魅力相当于《故乡》里的闰土吧。在下坦这处安宁而寂静的天地，每天都有童话般的阳光相随，我们整日在自由的空气里流连、嬉耍，那些田园、山林、河流，都成了我们熟稔而亲切的朋友。

有一天，狗仂带我们去砍柴。山谷里树林密布，蔓藤相连，我们在里面钻来钻去，勉强砍了几根柴火，却燠热得受不了。狗仂和我们攀上一棵高大的松树，站在高高的枝条上，我们就升到了山谷的上空，树下是密不透风的丛林，头顶的松针缝隙里是蓝蓝的天空。这样居高临下的姿态让我们觉得在下面摸索很愚蠢，我们原本可以这样高高在上、快快乐乐的。

这时，狗仂发出了一声长啸，奇怪，燥热的山谷里居然悄悄地吹来一阵风，虽然很短暂，但我们冒汗的身体都捕捉到了，于是，我们一齐欢叫起来。风像是被挽留的矜持客人，又回转身，和我们拥抱。在风中，狗仂做了一个让我们吃惊的举动，他三下五除二，脱掉了身上的短褂和短裤，顺手朝树下一扔，自己瞬间就成了赤条条的一个"猿猴"。"猿猴"怂恿和鼓动我们也脱去衣裤，也罢，反正山里也不见人，随着几件衣裤轻飘飘地朝树下飘去，三个少年以生命的原始状态和自然相对了。

赤裸裸地站在高高的树上，心情陡然激奋起来，我们呼出长长的啸声，发出尖锐的呼喊，摇动着枝条，再次对风发出邀请。风，真的来了！我们的身体还未感知，但山谷里来了巨大的声音，所依附的这棵巨大的松树开始颤抖、摇摆，接着，我们的头发率先被吹动，接着，我们的脸庞被吹拂，再接着，我们的毛孔被风灌满……这柔柔的、韧韧的风就从眼帘、从胸口、从腋下、从指尖一遍遍经过，世界刹那间动荡起来、生动起来，风惊人地源源不断地鼓荡着，像是一个武功高超的人把真气不停歇地输给我们。只要我们的啸声不停，只要我们的呼喊继续，这巨大的风保管永无止境，我们的身体通体清凉，脉络舒张，意气风发。被强劲的风裹挟着，少年的心快活得要飞起来。

三十多年来，我再也没有吹过这样的风了。一路走来，祸福相倚，物是人非，快乐的狗仍却没有被命运眷顾，三十多岁时，他意外地得了场怪病，竟撇下幼小的子女和年迈的父母离开了人世。妻子改嫁外地，父母拉扯着他的两个孩子挣扎着过活，也是人世间的一出悲剧吧。

去年，狗仍十七岁的儿子到县城来打工。这是一个不太懂事的年轻人，拘谨中透着玩世不恭，朴实里带着桀骜不驯。长相、神色像极了他父亲，一瞬间我恍惚，觉得面前的人就是我少年时的好伙伴。

在工厂牢骚满腹地干了几个月，有一天，他终于受不了辛苦的劳作和刻板的规定，辞职走人。也没有和家人、亲戚说一声，他和几个同龄人在屯溪过起了逍遥的日子。

可怜他年迈的祖父没有了孙子的音信，几乎要昏厥过去。老祖父费尽千辛万苦，终于在屯溪的街头找到了他，并几乎是强制地将他带到我家里。坐在我家的客厅里，祖父揪着的心终于放下，种种后怕、委屈、疼痛随即涌上心头，七十多岁的他放声悲哭起来。看着老人那张被岁月折磨得苍老彷徨的脸，看着在一旁稍稍有点内疚不安的他的孙子，我不由得想起狗仔，想起山谷里的长啸，想起那汩汩而来的风……

怀　旧

有一个时期，我特别留意看《天都》，因为上面载有家龄先生的速写"景致品味"。这些小玩意真让我爱不释手，它简约的勾描、传神的叙述，更有大片无言的留白，一下子就使你嗅到清新的空气，进入古徽州特有的宁静和谐的意境，在欣悦和慰藉之余，会勾起一

※ 1970 年休宁工厂幼儿园老师进行爱国主义等教育

丝丝惆怅。我想，这当然不会是无由来的，除去个人的志趣和审美情趣，"景致品味"打动的是我们内心的那一根怀旧的心弦。

怀旧显然不是老年人的专利，它甚至可以称为全人类的心声。我们喜欢听老歌，看老电影，很大程度上是为重温记忆而听，为怀旧而听，为自己曾经的青春岁月而听。

怀旧是人心理的一种奇妙活动，我们总是怀恋从前，想念曾经。人人说起自己的童年总是津津有味、滔滔不绝，总以一句通俗得要命的"童年是美好的"蔽之，并借此感伤现时。其实，童年幼小无知，往往伴随着恐惧和寂寞，只不过回忆把这些滤去了。我们总是轻而

※ 斑驳的心思

易举地忘掉不幸而记牢美好，所以我们便共有了一个"美好的童年"，所以我们无一例外地喜欢怀旧。

想象以后的事虽然有个好听的词叫憧憬，憧憬尽管曼妙，却有些虚无缥缈，有些自欺欺人。怀旧以一种脚踏实地的态度回首人生，苦难成了高尚的自慰，尴尬成了友善的自嘲，平淡的变有趣，有趣的变幸福……怀旧有时就像魔术师的帽子，能从里边掏出许多你意想不到的缤纷花朵。

普鲁斯特洋洋数百万字的巨著《追忆似水年华》，通篇不过两个字——怀旧。怀旧是一个人对世界的留恋，对人生的叹息。怀旧是滤了色的温存，怀旧是软心肠和好记性。所以我们记得月光下的田野，记得稻草的芬芳，记得奔流的小溪，记得童年的呼唤；所以我们珍藏着旧书本、旧信封、老照片；所以我们时常想起老房子、老朋友……

生命正一点一滴地从眼前消逝而去，有时我们恐慌得不知去哪里抓住它——幸而有怀旧，"锦瑟无端五十弦，一弦一柱思年华"，李商隐这两句无限怅然的诗，可以算是怀旧的一款经典的注解罢。

这一瞬间如此辉煌

离比赛结束还有八秒钟，我们落后一分。

这时，芜杂的场上响起一声尖锐的哨响，裁判判我方犯规，对方的八号队员傲慢地拍着球，走上罚球线。真是雪上加霜！此时，全场数千人已经陷入绝望的情绪之中。

这是二十多年前的一场比赛。

在二十世纪九十年代初期，篮球是我们县传统的体育项目，差不多也是最受欢迎的一项大众娱乐。那时，没有上网一说，大街小巷也没有现在这样数量众多的麻将馆，广场上更不见一堆一堆的广

※ 宣传画《发展体育运动　增强人民体质》

场舞，年轻人都热爱运动，并以此为时尚。每年秋天，天一转凉，官方就要组织全县的篮球比赛，大大小小的单位都动起来，气氛也陡然热起来，各单位忙着组队、集训、热身、比赛，郑重其事，像专业队一样。大街上神气地穿梭着一拨拨穿运动衣的人，衣服上印着鲜红的号码和各自单位的名号，如"新光""粮食""啤酒"之类，这是小城里一年之中最热闹的一段光景，每场比赛总有众多的人围观，每一个小城球星的轶事趣闻靠着口口相传，传遍大街小巷，有点像现今的各大网站传播明星的癖好。总之，到了比赛的日子，小城就仿佛走进了节日。

然而这一年节日的氛围有点异样，原因是一家外资企业的加入。这家企业财大气粗，一下子从市里请来五位篮球高手加盟，实力高出一截，只要是外企队参加的比赛，都成了一边倒的比赛。那些市里来的年轻人，身材高大，身手敏捷，傲气得很，比赛中时常漫不经心地炫技，却能轻松地赢对手几十分。原来可以在场上拼杀搏斗

※ 老照片:二十世纪六十年代休宁县学校运动会开幕式

的队伍突然间不知道怎样打球了,对手太强,就应了那句"心有余而力不足";小城里的人们很是气愤,却又气馁,仿佛被强敌入侵,有心杀敌,却无力回天,渐渐地,就成了一种群体的情绪。

我们队在县里是老牌冠军队,也不是他的对手,小组赛甫一交手,便败下阵来。漫长的小组赛、复赛、半决赛尘埃落定,站在决赛球场上的,依然是我们和那支目空一切的外企队。

那一天,只能容纳千余人的体育馆一下子拥进来成倍的观众。街道突然变得冷冷清清,少有的行人听到体育馆里传出震耳欲聋的欢叫,不知出了什么事,也急急地往里赶。

小城里的人心里很清楚两队的实力,但心里还存有胜利的念想,

※ 宣传画《球场友谊》

他们极其鄙夷外企队的目空一切，所以，全体观众铆足了劲为我们加油。精神的力量是无穷的，我们这支贫民球队猛然间焕发出超群的能量，上半场结束，只落后对手几分，大伙似乎看到了希望。下半场开始，呐喊声几乎要掀掉屋顶，在声浪中，我们放手一搏，比分逐渐接近。怎奈对手实力太强，决赛中又丢掉了漫不经心的做派，微小的比分分明遥不可及。终场前八秒，他们罚球。观众席里传来叹息声，有的人起身，准备离开。

我站在球场上，身体好像漂浮起来。这时，耳边清晰地来了一个声音，说"冲！"谁冲？环顾四周，是一些因酣战而发懵的脸庞，大家在命运面前似乎已经束手就擒。我走到篮下，八号出手，上帝保佑！球在篮筐上磕了一下，没进！我高高跳起，在如林的手臂中捞到那只皮球，像是掳得了十万黄金，带着这无比珍贵的"黄金"，我拼了命朝对方的篮下冲去，耳边依然响着那句"冲"，夹杂着全场数千人的惊叫，身后是九名球员蜂拥而至的身影和粗重的呼吸——这是一段让人窒息的冲刺，似乎一瞬间就能到，又似乎遥遥不可及……

球从我的手上抛出，像一只飞鸟，摇摇晃晃飞向篮圈，也许飞鸟太疲惫，刚刚接触到篮圈又弹回来。我再次抢到球，这一次，把它像一只烫手的火球扔了出去。球在篮圈上弹了一下，又一下，再一下，终于在全场无限的期待中掉进了篮圈。

一秒钟的寂静！猛然间，全场所有的人都跳了起来，看台上的男人女人、老人小孩都在纵情欢呼。

有时候，强大并不是不可战胜；有时候，永不放弃并不是一句空话。

我很庆幸，在我庸常的生命里，这一瞬间如此辉煌。

书香弥漫古村落

右龙的前世今生

天很冷，寒风吹进农舍，让人觉得冬天是如此的冗长。可是当打开那两只接近腐烂的木箱子，现出几十本灰尘满面的族谱时，就觉得冬天再长，也长不过这个村庄的年岁。

这套族谱全名《清河张氏族谱》，可以算是右龙村的生命密码和文化命脉——现在，它们全部摊放在二楼粗糙的水泥地面上，看上去虽苍老而虚弱，但岁月的气息似乎依旧沉稳、不动声色却又凛然正气，让人心生敬畏。

这个阴冷的冬日，我们驱车两个小时，就是为了一睹它们的容颜，只是想不到，它们竟然落魄到如此境地。安徽省徽州文化博物馆馆长陈琪蹲在地上，小心翼翼地整理着族谱，掸灰、抚平、分类，这位长期醉心于田野调查的徽学专家,丝毫不理会外面吹进的冷风,怀着如见故人的兴奋,专注地做着整理工作。他小心翼翼地打开尘封的书页,沿着木刻的汉字,慢慢地深入了乡村的往昔……

唐僖宗乾元年间,张氏先人由浙江富阳迁徙至此,见此地林木茂盛、风清气朗,山间那条涓涓溪流居然就是著名的新安江源头,遂起意定居于此,这一住就是一千多年。

——族谱上说,右龙原名蟠溪,明弘治年间改名右龙。

老实讲,徽州的乡村尽然很美,但有雷同之处的地方太多,地形、风貌、植被,甚至建筑和布局,都有似曾相识之感。但右龙确是卓

※ 古道上的风景

尔不群的，村庄如其名，就真的像一条巨龙静静地蛰伏在两道巍峨的青山之间。村口的水口林遮天蔽日，四围的山上是品质极好的茶园，毛竹、油茶、香榧树点缀其间，这大块的绿色生机勃勃而又层次分明，像是画家在画布上的匠心布局。走进村子，窄窄的街巷曲直有度，迷宫一般，暗自思忖，住在里面的人该都是心有分寸的吧。

族谱上记载的张氏祠堂依然在村子的中心，祠堂外貌看上去并没有威严感，内部也无精雕细刻的呈现，青石和黑土咬合成结实的地面，梁柱的纹理粗粝有力，像一个关节粗大、饱经风霜的成年人。很多年前，曾到祠堂的楼上采访过一个会议，那是一个关于开发有机茶的村民动员大会。当时，"有机茶"这三个字是第一次听闻，好像天外来客一样，新鲜而诱人，每个人都感觉有一场革命要来似的。干部侃侃而谈，眼里放射着热切的光芒；村民也被调动起来，质朴的脸庞冒出一层淡淡的红晕……会议进行当中，天空开始飘雪，祠堂的天井里拥满了白色的雪花，它们好像争着上车的乘客，灵巧地旋转着身子，只为一头扎进古老的天井，而不愿意停留在屋顶的瓦片之上。现在，这些急促促的雪花闪现在记忆里，恍若隔世。

果不其然，若干年后"有机茶"就真的为右龙带来了全新的变化，这个偏僻的村落忽然就名声大振起来。茶季里，村庄沉浸在浓浓的茶香里，家家户户手工制作有机茶。那一套功夫也不简单，铁锅杀青、

※ 蛰伏在青山间的右龙

竹匾揉捻、竹笼烘制、手工整形，哪一个环节都马虎不得。制茶手目光炯炯，抿着嘴，绷着劲，翻炒、揉捻、理条，全凭手掌的把控，在和茶叶上千次的接触中，他们会清楚什么时候是它最饱满、最有生命力的形态，同时又揉搓出诱人的身姿……这样的茶叶自然最好。

"新安源有机茶"着实香醇，有一天居然就成了人民大会堂的特供茶，这份荣耀让右龙人很骄傲。其实右龙的茶叶自古有名，村里大凡有点文化的人都知道白居易那首著名的《琵琶行》里的两句诗："商人重利轻别离，前月浮梁买茶去。"可能说的就是右龙的茶叶输出到邻近的贸易重镇浮梁，然后月明之夜，琵琶声碎，引出多情诗人的千古诗篇吧。

当然，这一切，族谱上都没有。族谱上记载的是村中有一条道，这条道也了得，名字就叫徽州大道。因为右龙地处皖赣交界，古时从江西浮梁、瑶里进入徽州的第一站就是这里。同时，大量徽商外出闯荡世界，也要经此入赣，然后经水路到鄱阳湖，走向更广阔的天地。村人历来对这条古道珍爱有加，村里有民俗，每年农历七月十五，全村人都要撂下各自的营生，自动地汇聚到这条古道上，清理杂草灌木，修补损坏的台阶，所以，右龙的徽州大道至今仍是一条品相完好的道路。从虎头岗下来，古道就匍匐在密密的树林中，遇上好天气，阳光从茂密的枝叶间俏皮地探进来，将古道勾勒得斑驳迷离。正当在行进中沉醉于森林静谧的温馨时，突然间，眼前豁然开朗，树林退在了身后，眼前是大片广袤的茶园，油油的茶树精壮挺拔，像一队队准备接受检阅的战士。古道在茶园里盘桓而下，远远的，有数棵高大的香榧树相迎，树那边就是右龙的家园了。有一次，陪同一位北京来的老人走这条古道，他一路走走停停，表情凝重。后来得知，他父亲当年是这条古道的常客，作为"挑担客"的一员，无数次在这条路上洒下汗水。父亲生前曾和他详细说了这条古道的一切，包括在虎头岗掬一口清泉水，在茶园的某处有一次歇肩……现在，儿子在古道上轻而易举地找到了这些标志，清晰地看到了父亲浸润着血汗的足迹，这样的寻访沉重而深邃。

在右龙村，还有一样拿得出手的东西，便是远近闻名的板凳龙。板凳龙起源于明代，至今已有五百多年的历史。据说是当时的人们为了驱赶邪恶，祭祖祈平安，由张夏六公始创设计。所谓"板凳龙"是以一块块木板为道具，辅助于竹篾、彩纸、蜡烛等材料，制作出独具一格的木质龙灯。右龙板凳龙由掌灯人、龙头、龙身、龙尾、锣鼓队五部分组成，舞动时，龙头龙尾两个乐队击打锣鼓，吹奏唢呐，燃放鞭炮。由于受木板限制，舞动时不好做翻滚之势，基本动作为上下冲浪式和神龙盘柱式，这样不花哨的舞动愈见其大气。这些年来，

※祠堂里接龙

※ 板凳龙出游

板凳龙制作技艺入选为省级非物质文化遗产名录，不仅每年节庆在村里演出，而且数次参加省、市、县各类重大节庆活动，还被邀去邻近的江西省参加友好表演，成了乡村文化民俗的形象大使。

※ 盘龙时刻

其实，舞板凳龙的
主角就是村民，这是一
项全员化的文化朝圣活
动。元宵节那天，从村
中祠堂里抬出龙头、龙
尾，龙身则是各家各户

※ 舞龙手

日常的板凳。黄昏时分，劳作归来的村民洗净身上的尘土，换上压
在箱底的彩色服装，扎上黄色的头巾和腰带，立马就成了威风凛凛
的舞龙手。他们扛着一面面龙身木凳，在村口大庙集中拼接完毕，
点亮蜡烛，燃烧纸钱，向天祈祷，然后顺村中河流方向起舞表演。
板凳龙在锣鼓声、吹奏乐、鞭炮声和叫好声中腾挪游动。而最精彩
的盘龙阵是在村口的操场上完成的，所有的人兴奋地聚拢而来，屏
息以待。板凳龙队先是绕场盘成大圈，然后快速地一圈一圈向中心
盘进，当龙头到达场中心点时，围观群众齐声发出阵阵呐喊，板凳
龙头高高擎起，向围观百姓叩首致意，与大家一同祈愿右龙村世世
代代岁月平安、五谷丰登。这样丝丝入扣的人性化收尾，使得人们
在浓烈醇厚的欢愉氛围中终能品咂出一脉既庄重又温暖的乡情来。

勾留休宁的秋色

站在齐云山上的太素宫前，先是风扑面而来，紧接着秋扑面而来。

这里的秋浓烈至极，好似天外来客用一支如椽彩笔，在峰峦、幽洞、林间开合有度地涂抹、点缀、渲染，潇洒收笔之后，呈现在眼前的是一幅梦幻般的巨制大画，色彩之生动、构图之绝妙、气象

※ 1965 年 6 月，休宁县蟾川公社蟾川大队社员大战"双抢"，做到早上一片黄，晚上一片青

之恢宏，这样的齐云山只能让
人叹为观止。

　　秋游齐云，自古就是文人
雅士的深爱，这山间的秋色不
动声色却磅礴万物，不说香炉
峰的灿若丹霞，不提月华街的
姹紫嫣红，单就立在一天门近
旁的三棵枫树，笔挺高大的树
干举着团团簇簇的华美叶子，
在深邃的蓝天里率性招摇，就

※ 齐云山秋色

叫人生出无限美的叹息。置身齐云山的秋意里，花香扑鼻，心境澄明，
脚力刚健。"山行何逍遥，林深气萧爽"——我们可以和八百多年
前一个叫朱熹的人心意相通了。

　　短暂的秋天好像是我们生命中的一个停顿，岁月行到此刻，也
有一个消停。那些斑斓的色调，热烈里藏着宁静；那些和煦的柔风，
吹拂中留着好心的抚慰。行在休宁的乡间，山水的骨骼略略地清瘦
了些，但容颜格外姣美温和。二三旧友，闲闲地漫步于横江之畔，
一条长长的木栈道伸向风景的深处，明净的秋水微微荡漾着岸边的
水草和野花，天空高远，白鹭滑翔。深吸一口香甜的空气，眉目舒展，

※ 大地之秋

浑身舒泰。这时，往日的时光会不经意现出她的光影，秋天就有这样的魔力，可以让一切的郁结丢弃，让一切的喧嚣消退，我们退回到各自的生命里，做一次沉静的回首。歌里说，人生中最美的珍藏，还是那些往日时光。而秋天也是四季中最美的收藏，充盈里的和暖，丰厚中的悠远，足以聚拢来许许多多的往日时光。

这个时节，我们还可以去万安老街，独自一人，踩着秋意浸润的红麻石街面，感受老街上的阳光一半温暖、一半清凉。从一条古巷走进吴家大院，置身满园桂花的清香，轻轻推开那扇朴素的木门，不要打扰了曾经在这里读书的少年——一百三十三年前，七岁的陶

※ 天上人间未梨坑

行知背着书包，踏进吴家大院一侧的启蒙馆。严肃的私塾先生吴尔宽仔细打量了眼前这个新生，微微笑了，说，看得出来，这是个读书的好苗子。时至今日，这里虽然古旧，依然书香弥漫……

这个时节，我们可以去状元博物馆回味往昔的辉煌，可以去木梨硔看云端上的村庄怎样旖旎万千，可以去源芳大峡谷赏红叶胜火，可以去琅斯悠游金佛山凭吊古今。

这个时节，我们可以去很多地方……

往日的时光呢？来休宁吧，在秋的深处捡拾。

丹青里的村庄容颜

接到一个任务，有点犯难：黄村的进士第要增加文化氛围，要做一些适当的"装饰"。怎么弄呢？其实，这个命题的本身就有点歧义。这座占地七百九十平方米的明代建筑，历经四百多年的风霜，没有什么腐朽的痕迹，依然像一个健壮的中年人，敦实稳重。大门门楼有七层斗拱，层层叠叠，繁复中盛开繁华。推门入内，前后共三进，一进为大厅，二进为祭祖的享堂，三进楼上存放灵位。整座

※ 进士第的寝室

建筑有木柱 102 根，主柱围粗 1.6 米，都是稀有、硕大的白果树作材料。横梁上雕镂龙、凤、狮、虎等异禽猛兽，刀法细腻，形象生动，显示了徽派木雕艺术的精湛。置身其中，古意盎然，古韵犹存，哪一个细节没有"文化"呢？

但显而易见，祠堂里有点空荡荡，没有扑面而来的楹联，没有排山倒海的匾额，村里的老人说，原先都有，"文化大革命"中都被烧了。现在一切都沉寂下来，关于那个时代的回味和向往缺少实质的依赖。

黄村实实在在是个有故事的村落。前些年，因为一幢荫馀堂的古民居，让她成为一桩世界性文化事件的主角。荫馀堂始建于清朝康熙年间，这幢四合五开间砖木结构的跑马楼，占地五百平方米，共有十六间卧室，以及中堂、储藏室、天井等，粉墙黛瓦马头墙，每一个建筑符号，都表明她是一座典型的徽派民宅建筑。荫馀堂"荫及子孙"，这一幢有福的房子从清代开始，先后有八代黄家子孙居住、繁衍，几乎是一部浓缩了的徽州家族史。1997 年春，有一项"胆大妄为"的中美文化交流项目：要将荫馀堂搬到美国去！由荫馀堂拆下的七百块木件、八千五百块砖瓦、五百块石件，被装上四十个国际标准货柜，漂洋过海运至美国，在波士顿地区塞勒姆市碧波地·埃塞克斯博物馆，由一群技艺惊人的中国匠师，把它修复成二十世纪八十年代黄氏家族最后居住的面貌。整个迁建耗资 1.25 亿元，历经七年策划施工，换来了一座濒临灭亡的徽州古建筑在异域的新生，换来了一次匪夷所思的古建大挪移。

2003 年 6 月 21 日，荫馀堂连同扩建后的博物馆一起正式对公众开放，美国马萨诸塞州州长、塞勒姆市市长、碧波地市市长和美国十几个博物馆的馆长，以及中国、英国、加拿大、墨西哥、法国、德国、日本等十几个国家的政府官员、驻美大使、文化参赞纷纷亲临庆典，美国各大媒体相继报

※ 中宪第的门环

※ 中宪第的门罩

道这一消息。当天的开幕式盛况空前,慕名前来的观众就有一万多人。古色古香的荫馀堂,精致华美的中华文化,带给世界各国游客深深的震撼。美国一位著名的专栏作家在参观荫馀堂后说了一句话:"我在这里看到了中国五千年的文化天空。"

荫馀堂远嫁了,却给它的故乡——黄村带来了不同凡响的影响,另外一座村中的老房子浮出水面。中宪第是毗邻进士第的一幢清初建筑,总占地面积一千多平方米,大门为一牌坊式门楼,气势恢宏,额门书以行楷大字"中宪第"。整个建筑包括门厅、前廊、杂物间、主厅堂、书厅、过楼、厨房、佣人房、客厅、巷道、院落等,以主厅堂轴线为主,室宇连栋、回环相套,形成一个庞大的建筑群体,

※ 明代的进士第

是研究徽州明末民居大户的直观素材。很绝妙的，这座建筑成了接待海外嘉宾的基地。来自美国波士顿东北大学的师生，来自加拿大、美国等大学的建筑学硕士，来自法国驻华大使馆的大使、参赞等各方人士都住进这间木质的古老房子，体验着原汁原味的徽州风情。组织者还根据江南风光和农家生活的特色，让外国旅游者深入黄村乡间，观风景，赏田园，或者就挽起袖子、扎上裤腿，直接下到田里，踩着嗞嗞响的黑泥土，参与耕作收割、养鸡放鸭等劳动。老外别提多高兴了，嗷嗷叫着扑腾在水田里。而岸上，是成群结队的摄影师，长枪短炮，敬业工作，这样的好画面，可不能错过。

※ 洋学生扛起黄村的锄头

　　于是，黄村体验成为中外文化交流的佳话。黄村也成为各路媒体聚焦的热点，成为大洋彼岸一个热门的中国徽州村落村名，这个养在深闺人未识的偏僻村庄借此向世界打开了心扉。

　　在黄村名声大振的背景下，进士第该怎样"装饰"呢？突然想到有位法国作家给黄村写的一本书，书名叫《最后的"儒村"》，是啊，黄村的本质是优雅、深沉的儒家气质，热闹也好，热点也罢，过眼云烟而已，存活了一千多年的村庄还是依据自己的本性过自己的日子。于是，想到了画，何不以黄村为主题、以传统的"黄村八景"为依据创作八幅大画，展示在进士第，让这些画从不同侧面勾画黄村的容颜，让村庄的古与今、新与旧、历史和现实、典故和风景在丹青里完美交融。画的创作还要有一个前提，作画者必须是本土的画家。休宁是新安画派的重要发源地，"海阳四家"在清代文化界的名望如日中天，这是一个盛产艺术家和画家的地方，让本土的画家画家乡的风景风物，文脉的相通感知，本身就是一段佳话了。

于是，请来了宋子龙、杜曙光等八位休宁本土山水画家，他们也为这样的创意和主题而兴奋，紧接着，采风、座谈、分任务、找资料、构思、创作……仅仅两个月，八位画家都交出了自己的画作。

八幅大画悬挂在进士第内，色彩斑斓、深沉灵动。我们可以换一种方式，循着这些画，就步入了这个古老的村子：

先来看姚光华先生的《远障蟠龙》。这是对黄村的第一眼打量，

※ 认识这片神奇的叶子

就已经让人怦然心动。整个村庄尽收眼底，房舍俨然，阡陌纵横，逶迤的远山如蟠龙灵动，古朴的村貌宁静而安详。画面清新淡雅，却掩不住村庄的大气和生动。

第二幅是李春午先生的《水口流泉》。这是黄村的入口，是一处典型的徽州水口风貌，我们看到了那座古朴的门楼，在满目的青翠中，耳边传来了流泉的声音。"一片山翠边，依稀见村远"，春午先生的高妙手法传递给我们的就是这样的意境吧。

接着来看宋子龙先生的《进士府第》。进士第是黄村的灵魂，这座"国宝"级的建筑雄踞在村子的中心，依然散发着无与伦比的高贵气息。子龙先生这幅《进士府第》以独具匠心的构图、高超的绘画技巧和浓郁的人文气质，让人拍案叫绝。画面空间饱满，中间部分是进士第美轮美奂的门楼，下方是进士第建筑群的描绘，上方则是逶迤的群山，钤上一枚朱红的印章，"明嘉靖进士第"，仿佛这座建筑正从历史的深处向我们走来，如梦似幻，风华绝代。

然后是陈冬宝先生的《双桥秋晓》。画中这片层层叠叠的古民居就是黄村著名的中宪第，明代的深宫大院，现代的中美文化交流基地。一旁的双桥是黄村特有的小景，小溪浣衣，秋色正浓，这样的徽州风情是我们永远挥之不去的乡愁，冬宝先生的笔触灵动而深情。

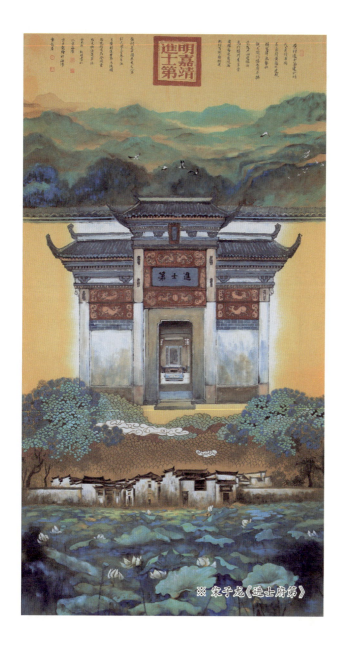

※ 宋子龙《进士府第》

紧接着是杜曙光先生的《百年学堂》。1914年，著名教育学家黄炎培骑马亲临黄村小学视察，书赠教员黄开祥"知君所学随年进，许我重游到皖南"，为这座百年学堂留下了千古流芳的墨宝。曙光先生的画作沉郁古雅，古树掩映中的老学堂，琅琅的书声如破晓春啼，一隅的宁静百年不变，代代相传的是文化的力量和人心的温暖。

再后面是何成喜先生的《月池风荷》。月池位于黄村上门村中，由山泉水汇聚而成，是古时村中的火烛塘，用于防火取水。"塘中荷绿花红，鱼虾成群。鱼戏莲藕间，人映荷花面……"成喜先生的画作烂漫而清澈，和那些古老的文字描述如出一辙。

吕健君先生的《狮象把门》值得细细品读。狮象把门是黄村后村入口的写照，两边的山势如同一头雄狮和一头大象，守住村庄的大门。健君先生的笔触雄浑而泼辣，用色精妙，满纸烟云，这样的画作力道十足，韵味无穷。

最后一幅是陈承雷先生的《东山吐月》。东山吐月是黄村八景之一，东山之上，明月初升，月辉如霜，"露从今夜白，月是故乡明"，承雷先生的画作意境深远，古拙空灵，让人醉心于月色黄村。

丹青里的村庄容颜质朴本真而娇美多姿，这些画作和进士第水乳交融，算是这个古老村落的一份文化记忆吧。

遗落的屯溪

我们休宁人，是会经常去屯溪的，游玩访友，开会办事，下馆子，逛商场……屯溪仿佛是生活中一个挥之不去的标识，和休宁的烟火人间贴得如此紧密。特别是节假日期间，比如国庆节和情人节之类，休宁人会像过江之鲫，一波波地涌向屯溪，深夜又一拨拨地回来，乐此不疲，乐在其中，以此为荣。不少休宁人还在屯溪买了房子，他们更会频繁地奔走在两地之间。虽然，休宁人是那样地热衷于屯溪，但外人不知道，他们的心里头藏着隐隐的失落和郁闷。

缘由是，对于休宁来讲，虽然两地唇齿相依，但现今的屯溪确乎已经遗落了。屯溪历史上归属于休宁，南北朝期间，黎阳县撤销，屯溪遂成为休宁县的重镇，甚至到了上世纪的五十年代，屯溪还是休宁的一个镇。所以哪怕到了现在，不少休宁人还会很阿Q地说，休宁原来是屯溪的"老子"！至于现在，屯溪成了黄山市市府的所在地，休宁是其管辖下的一个县，"老子"和"儿子"的身份互换，休宁人徒有无奈和叹息，虽然不至于有遗珠之恨，但心有戚戚焉也

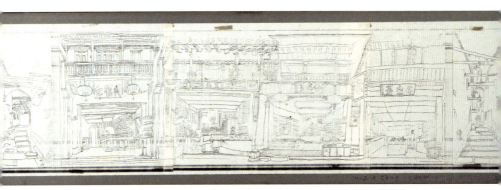

※《屯溪老街》（现俄罗斯列宾美院在校研究生庄原 1999 年七岁时速写作品，
　获九九国际少儿美术大赛银奖）

算是一种家园情怀吧。

　　翻检历史，在休宁文化的版图上，屯溪是极其重要的地标，和海阳、五城、万安、商山、黄村、月潭一样，风姿绰约，儒雅风流，尤其这里人才辈出，和休宁文脉同频共振，共谱华章。屯溪隆阜曾经走出名震天下的大学者戴震，他被誉为清代三大思想高峰之一，是休宁文化的最高代表；休宁历史上的十九位状元，有四位即来自屯溪地区，毕沅、汪应铨、戴衢亨、王以衔。由四位清代状元组成的地方英才群体，加上隆阜戴震，足以傲视群雄、睥睨四方，他们是屯溪的学子，也是休宁的骄傲，更是一个地方文化传奇的重要章节。但现在"亲兄弟分家"，这种变迁的沧桑，是会带来些许的折磨和惆怅的。前几年，休宁和屯溪重修地方志，关于文化名人的界定和

※ 二十世纪六十年代的屯溪老街

※ 屯溪老大桥下的河埠头（隶属休宁时代）

介绍，老有相互"掐架"的地方，两地的地方志主任，一位姓汪，一位姓鲍，一见面就要为此争论不休。也难怪，血脉相连的撕裂，手足同胞的分割，时间也难以抹平其中的伤痛吧。

率水和横江是贯穿休宁全境的两大河流，清澈的河水千回百转，在休宁的峡谷、丘陵、平原，坚韧地寻求着出路，最终在屯溪，这里宽阔的河床、平缓的河川，以巨大的包容，稳当而轻巧地接纳了休宁的河水。率水和横江亲密地融合在一起，好似化茧成蝶，转眼间，它们变成一条内蕴无穷、气象万千的大河，力道十足地开始新的奔流，这条大河就叫新安江。江水一路向东，途中会变换富春江和钱塘江两个江名，最后归纳到东海的怀抱。所以，在休宁古代流传已久的地方胜景"海阳八景"中，最后一幅图画就是繁盛的"屯浦归帆"。这里，是徽州走向世界的起跑线，百舸争流，万帆竞扬，徽州的航向是如此朝气蓬勃、一往无前。水边的屯溪自然也就成了一处对外开放、吐故纳新的美妙家园。或者可以说，

※ 率水行到屯溪

是休宁的水，滋养了屯溪，成就了屯溪，让她成为一个风情万种的美女，自顾袅袅婷婷而去，只是不肯回头……河流，就有这样的魅力，它让水边的村落、集镇虽然不曾谋面，却有着孪生的情愫，"同饮一江水"，是何等的深情和亲切。

我每次来屯溪，脑子里总会冒出几句诗，天晓得，这是三十多年前，我读初中时的一位实习老师写的。从杨梅山经过，诗句响起："屯溪啊，屯溪，你明明是座山城，为什么取了个水灵灵的名字？"这是那个时代青年诗人的作品，朴实纯真，愣头愣脑。念着诗句，不禁莞尔，因为这句诗，水灵灵的屯溪在我们心里永远充满温情。

所以我想，关于遗落的屯溪，因为她包含的历史和温情，在休宁人心中，有着无法替代的情感寄托和诗意空间。这种遗落，也是一种遥远的乡愁吧。

红

　　汪村镇文化站干部红兵见到这一抹红，心中不禁柔软开来，满肚子的感叹和赞美。在瑞金苏维埃红色旅游地的景点门口，一位身着红军军装的年轻女解说员迎面走来，许是刚刚解说了一班，脸上有微微的汗，她摘下帽子，用手在脸上抹了一把。此时，站在她身边的红兵发现，她脸上的皮肤嫩红、嫣红和潮红，映着红色的帽徽

※ 寂静安然的村落

和领章，英姿飒爽而又娇羞美丽，红兵不禁走神、恍惚、迷离，事后不住感叹——这是我们前些时候外出考察红色文化时的一个插曲。此后的行程，这一抹红就一直跟随着我们，成为大家戏谑红兵的谈资。

后来我想，红兵如此被打动，不光是因为靓丽的青春面容，很大成分是因为那一抹红。红色就有这样奇特的力量，灿烂中有哀伤，鲜艳里有悲悯，它给予我们温暖，更传递给我们勇气和豪情。

在休宁南部边陲的万山丛中有这样一个小村落，这里飞瀑流泉，落英缤纷，倚山而建的古民居层层叠叠，寂静而安然，仿佛遗世独立的世外桃源，这个独特的村子却有一抹明亮的红色。在第二次国内革命战争时期，这里是中共皖浙赣省委的常驻地，是皖浙赣三年

※ 石屋坑的乡亲

游击战争的重要活动中心，是坚强跳动的红色心脏。它如黑暗里的明灯，照耀着共产党人为信仰而前赴后继、矢志前行的征程；它是风雨中的旗帜，召引着山乡的百姓为解放和幸福而万众一心。

就是这个小小的村落，走出了叱咤风云的一代名将关英、刘毓标、李步新、倪南山等，这些革命先辈在石屋坑留下了战斗的足迹，留下了和人民血肉相连的深深情感。中华人民共和国成立后，刘毓标老将军饱含深情地写下了《忆石屋坑往事》一诗，诗中说："三年游击战争，石坑贡献最优。只为革命需要，甘愿洒血抛首。"刘毓标将军为石屋坑人民感慨万千："人民功如繁星，恕我未能叙就。今日有幸尚存，更加怀念战友。胜利来之不易，先烈永垂不朽。"

※ 红军后代再来石屋坑

是的，人民功如繁星！当时，石屋坑村仅有三十六户九十八人。为了掩护红军、保护红军，老百姓冒死援手，在敌人"清剿"中，全村三次被迫迁徙，二十余人被抓坐牢，七人先后为革命英勇捐躯。这是何等的英雄气节！这是何等的侠肝义胆！

在村内的皖浙赣省委驻地老屋旁，住着一位八十多岁的老人，叫张福源，张老的哥哥就是为掩护红军牺牲的七名群众之一。说起当年村里百姓舍生忘死掩护省委机关转移、为红军运送物资药品的故事，老人依然豪情万丈。他从不说刘毓标、倪南山等人的名字，任何时候都称他们为"首长"，就像他小时候尊称他们一样。在他的心目中，首长是最亲的亲人，红军是自家的部队。英雄的石屋坑人民就是这样，和党、和红军血乳相融、生死相依，谱写了感天动地的革命颂歌。

时间退回到 1990 年的那个春天，石屋坑迎来了两位故人，他们就是在石屋坑战斗过的老红军刘毓标将军和邹志成司令。山寨沸腾了，男女老少聚拢在村中广场迎接红军。人群中，一位老奶奶神色分外激动，她叫俞成圭，她的家 "一门三烈士"，英勇而凄凉。她的丈夫张志流是红军首长的机要秘书，被敌人抓捕后，宁死不屈，英勇就义。大儿子张仲云、二儿子张仲宏先后为革命献出了宝贵的生命。俞奶奶承受着常人无法承受的打击和磨难，依然为革命奔波。

当年刘毓标、邹志成就住在俞奶奶的家中，俞奶奶待他们就像亲生的儿子，再没有粮食吃，也要把牙缝里省下来的一点干粮给亲人红军，自己情愿上山挖野菜充饥。

随着人群的欢呼声，两位老红军走到了乡亲们面前，高声地向大家问好。这时，人群中传来了俞奶奶的呼喊："毓标！志成啊！"两位将军愣住了，这声音是那样的熟悉，千回百回在梦里出现，亲爱的娘就在眼前，已是白发苍苍、身形佝偻！两位双鬓染霜的将军热泪涌动，他们大声地叫了一声"娘"，双膝跪地，跪在了娘的面前……俞奶奶用双手搂着将军，百感交集，泪如雨下。

交谈中，俞奶奶从怀里掏出一块红布，她问道："毓标、志成，你们还记得这块红布吗？"刘毓标双手颤抖地接过红布，细细端详后，递给张志成，然后，从自己的怀里也掏出一块相同的红布。他捧着红布对大家说："我们怎能忘记这块红布啊，当年，石屋坑的乡亲们和我们红军亲如一家，为了保护红军，乡亲们付出得太多太多。但没有人被吓倒，他们擦干眼泪，掩埋好亲人的遗体，继续和我们一起战斗。为了支援红军，家家户户的房门上都挂一块红布，就是为了告诉红军：这里就是你们的家啊！"

是的，这块红布，它就是红军的护身符，它就是石屋坑人民的一颗红心！当年，石屋坑人有句话：宁可断头，红心不变！他们宁愿舍弃生命、舍弃一切，也要保护红军，保护革命的种子。在那血雨腥风的日子，疯狂的敌人想尽一切办法，妄图切断红军和群众的联系。村里的百姓想念红军啊，大家就把仅有的一点玉米凑起来，偷偷上山，送给红军。还有一次，一位当地妇女冒着危险，把家里唯一的一只母鸡送到山上。红军看着骨瘦如柴的她，眼泪在眼眶里打转，怎么也不肯收。她急了，说，求求你们，收下吧，把这只鸡烧点鸡汤给受伤的战士喝吧。——这样的故事太多太多，就是因为有可敬可亲、英勇无畏的石屋坑人民，他们和红军生死相依，前赴后继，终于战胜了凶残的敌人，迎来了革命的胜利。

所以今天，亲爱的朋友，如果你到红色旅游地石屋坑参观游览，会发现这个村子依然是那样的美，这里的人民依然是那样的淳朴善

※ 坚贞的红

良，还会不期然地发现，这里家家户户的房门上都挂着一块红布。映着古老的木质板门，在山风的吹拂下，红布温柔地扬起，仿佛是在怀念亲人红军，仿佛是在对我们述说那段高天厚土永不忘的红色岁月……

石屋坑永远是红色的，这样坚贞的红色浸染在土地里，更留在老百姓的心间，世世代代，生生不息。

每年的春天，在石屋坑的青山之上，都会开遍火红的映山红，漫山璀璨的嫣红映着铁骨铮铮的村庄，是石屋坑最美的春色。

板桥记忆

前些日子，去了一趟板桥。

空着手去，其实更想空着心去。山里温暖的太阳和清冽的风不离不弃，一些残雪覆盖着村庄和山野，恰到好处地显出板桥的自然和朴实，雪无声的构图，带来静谧的气息和虚幻的美，稍一恍惚，竟让人不知今夕何夕了。

板桥是极熟稔的。好多年前，编写《徽州五千村》丛书，我奉命写这一片的村落。梓坞、樟前、凰腾，都是极好听的充满诗意的村名；潜心进入村庄的生活，更能体悟到这里不同凡响的文化风貌和精神气质。板桥人，走出去是条龙，蛰伏在乡间，也过得有滋有味、不卑不亢。我的朋友小宋家就在板桥，他的父亲老宋是村里的农民，却是我见到过的最有浪漫情怀的农民。家里挖一口只有两平方米大小的鱼塘，养几尾清水鱼，他也满心欢喜，提笔在鱼塘边的墙上写上一首赞美诗；新建了楼房，他的心里更是充满对党的感谢，对幸福生活的热爱，又提笔在二楼阳台雪白的墙面上写下一首七律。看着老宋歪歪扭扭的书法，读着老宋朴素直白的诗，我真替现在的诗人们害臊：他们装模作样地弄出的东西哪叫诗？还是来学学老宋吧。

　　这次来，老宋没见到。在那些熟悉的村庄走着，看看农人们与世无争的生存，我们仿佛是生活之外的看客了。同行的张主席、钟老师、后老师都是六十多岁的"年轻人"，身手敏捷，逢事必问，朝气蓬勃，让我们对自己身上的些许暮气心生惭愧，于是更有了私念：这山里清新的空气，能不能把自己的心境淘洗得更澄明一些呢？

　　走过板桥阳光灿烂的街道，看到一座破旧的旅店，突然想起，十年前，曾经在这里有过一次惊心动魄的住宿。

　　那时我在电视台当记者，到板桥采访，一行四人，除了老陈、老金，还有开车的包师傅。包师傅五十多岁，身材很高大，人挺和善，

※ 板桥呈村天然太极图

讲话轻言细语，虽然有魁梧的体魄，却没有粗鲁的做派，谈论问题都是很善解人意的样子。

　　当天夜里，我们住进了这家简易旅店。老陈和老金到相识的朋友家玩去了，我和包师傅无事可做，两人聊聊天，便洗洗睡了。拉灭灯，黑暗中很快传来了包师傅的鼾声，沉稳而绵长，如同涛声轻涌，把我托在山乡的夜里，给我安全和安慰。我惯有失眠的体验，失眠带来最大的恐惧是无物寄托，在暗夜里，所有的事物、声音、色彩、气息都隐去了，只有不识时务的自己还在顽强地证明自己还存在……现在好了，有包师傅的"涛声"相倚，我竟可以安然入睡了。

　　当我带着对包师傅的欣赏和感谢，慢慢朝睡眠的边缘挨去时，猛然间，包师傅的"轻涛声"变成了"巨浪声"，一下子将我从睡

※ 油菜花也有节日

眠的身边拽了过来。我惊恐地发现，此时的包师傅俨然成了一台旧式的大马力柴油发动机，发出带颤音的巨响，震得人耳膜嗡嗡作响。包师傅身下的床板也随着鼾声发出吱吱声响，像是痛苦的呻吟又像是欢畅的尖叫。我始知古人云"鼾声如雷"不是夸张，我更惊异于人的神奇与伟大，平日沉默朴素的包师傅，谁也不会想到他在梦中有如此猛烈的"呐喊"，会弄出如此惊天动地的声音来。

艰难地挨到半夜，楼下门响，老陈和老金回来了。仿佛心有灵犀，包师傅的鼾声戛然而止。老陈、老金进房来关切地问睡得怎样，这时我听到了一句匪夷所思的话——包师傅用非常清醒的声音，镇定地说：我今夜失眠了。

终于，我们四个人分别占据房内四张硬板床铺，重新开始各自的睡眠之旅。在短暂的沉寂之后，房间里此起彼伏，断断续续响起一些鼾声，渐渐地，音量变大、音频变长，如三军会师，气势磅礴。

有谁会知道，在这偏远的山野小店，一出雄壮激昂的交响乐已然上演，包师傅奏响低沉有力的大提琴，而且他还负责几面大鼓的擂响；老金弹奏的钢琴舒缓却节奏分明，配合着包师傅的大提琴和响鼓韵味十足；那一边，老陈也不甘寂寞，把一支嘹亮的小号吹起……

可怜我这有福的听众，在黑暗里睁大眼睛细细辨听，一边为这

天造地设的音乐击节叫好，一边在心里颇不服气地对包师傅说：

今夜我也失眠了。

时光流转，现在我伫立在板桥的街上，看着这间旅店，心里不禁莞尔而笑。那个热闹的暗夜已经过去好多年了，时间真是好东西，当初折磨人的声音，现在被回忆唤起，居然充满温馨和趣味。

板桥，顺带着这次失眠，永远在记忆里生动亲切。

※ 层层叠叠的乡村民居最合安睡

陈村旧事

站在陈村，便知天下最美的风景就是率水；行在率水，推想天下最美的村庄便是陈村。

发源于怀玉山脉主峰六股尖的率水，是休宁县境内最大的一条河流。经过上游的急流险滩，千回百转，奔流的率水行到陈村已是中游。陡峭的悬崖被抛在身后，放眼是开阔的谷底。此时的河水收敛了桀骜不驯的脾性，在宽阔的河床上平缓流动，就如一个鲁莽冲动的少年陡然间蜕变为一个沉稳刚毅的成人。澄清碧净的率水似乎不愿意一下子从美丽的陈村身边掠过，于是绕着村庄悠悠地转一个大弯，用碧蓝的色调画了一道优美的弧形。河面映着蓝天流云，映着河两旁的茂林修竹和家舍田园，陈村在水中找到了自己的容颜，率水在陈村寻到了自己的依恋，两者以最亲密的方式相依相随，千百年来，相悦如斯。

陈村，唐末以前名"洪村"，是一个洪姓聚居的村落。唐僖宗时，有陈禧者为避广明（880—881）之乱，自桐庐溯流而上，至新安郡休宁之西藤溪里(即洪村),爱其溪山之胜,遂定居于此。后子孙益蕃,一村除陈姓外,无二姓,故人称陈村。

从南宋高宗绍兴二十一年（1151年）到度宗咸淳元年（1265年）的一百一十四年间,小小的陈村竟出了陈尚忠、陈尚文、陈嘉善、陈篆、陈唯、毕祈凤、陈庆勉、陈明、陈卓等九位进士,这九个人无疑是村庄的骄傲。陈尚忠等人功成名就,他们通过铺着大块青石板的村道,经过村庄的城门,离开陈村,外出为官。陈篆去了余杭当上了县令,陈明到广东做了广东的船干,陈庆勉则升迁为福州通判。

古徽州被称为"东南邹鲁",而其中"休宁之学特盛"。由于陈村在宋朝连出了九位进士,陈村的教育声名鹊起,四方学子纷至

※ 乡村的城堡

沓来。他们夹带简单的行李，或沿着率水边的小道，或乘坐率水上的舟船，带着满腔求知求学的热望，朝着陈村进发。在那许多年轻的面孔中，竟有不少被历史永远记住。这当中，有大名鼎鼎的朱升、倪士毅、吴彬、吴显等人。

当时，陈村之所以成为学子们求学的向往之地，很大的原因是因为陈栎老先生在此开馆讲学。陈栎（1252—1334）是大理学家朱熹的三传弟子。宋朝灭亡之后，陈栎即返乡隐居著书，元仁宗延祐初，中举后却不赴礼部报到，称疾固辞，一直在家教学，足迹不出乡里，闭门著书数十年。陈村是陈栎坚守的最后一块净土，在青山绿水当中，陈栎安置下他的书桌和课桌。在陈村，陈栎著有《四书发明》《书传纂疏》《礼记集成》《六典撮要》等数十种文集，洋洋数千万言，深刻独到地阐发了朱熹的学术思想。由于陈栎渊博的学问和正直不阿的人品，尽管他独居陈村一隅，却被众多学者仰慕追随，当时"凡江东人来受学者，尽遣归栎"。陈栎所居之堂名定宇，所以人称"定宇先生"。

公元 1316 年初春的一天，定宇先生接收了一位年仅十七岁的学生。这位年轻人的眉宇之间颇有些不凡之气，他名叫朱升，家住在离陈村不到二十里的迴溪。定宇先生认定朱升必成大器，在两年多的时间里，毫无保留地传授朱升学问的要旨和做人的道理。朱升十九岁那年告别了陈村，经陈栎先生推荐，在县学堂里考上秀才，从此开始了他传奇的一生。若干年后，朱升向朱元璋进呈著名的"高筑墙、广积粮、缓称王"九字策，从战略上规划了明朝的立国政策，推进明王朝的建立进程。

陈村历史，发展中有变化，宋朝时出了九位进士。元朝时教育空前发达，而在其后的明清五六百年间，陈村再也没有中过一位进士，倒是航运、商业特别繁荣发达。"学而优则商"，或许率水给了陈村人明亮的眼睛，容不得半点沙子，官场的污秽堕落，钩心斗角，实在难以容忍，心眼明亮却又正直清高的陈村人索性远离官场，

※ 春天从耕耘开始

在商业贸易中开拓自己的道路，积攒财富，构筑家园。

陈村至今完好保存了清代的村墙。这片村墙包围的不是一处闭塞的村寨，而是一个小而富庶的江南村落。明清时期，正是徽商崛起、交易繁荣的时期，陈村凭借得天独厚的地理位置，在徽商的发迹史上占据着重要的一页。

陈村的水运码头赫赫有名，在率水一线，它的规模和容量是数一数二的。古徽州交通闭塞，货运不畅，尽管有诸多木材、茶叶资源，却不易外运。但一条不竭的率水永远将陈村连接山外，靠着水柔弱而强大的承载，山里的资源可以源源不断被运送出去，山外的货物也得以抵达家门，进入山里的人家。

率水舒缓地流动，水面上船只往来，桅帆移动。夏季，碎金般的阳光铺满河面，流水又将太阳的光芒反射到船身和风帆之上，凉爽的清风迎面荡来，率水生机盎然。春日，蒙蒙烟雨罩住河面，意气风发的货船踏雨而来，给这一幅凄清画面增添暖意……陈村人无暇欣赏这一幅幅美景，他们在码头、舟船上忙碌，各色生意人等聚集而来，陈村以开放的姿态吸引八方来客，这里成了徽商的聚集地，成了贸易中转中心。上游的上溪口、江潭、冰潭，下游的月潭、五城、屯溪，陈村把这些历史上繁荣发达的地方连成一线。

率水带给陈村以财富和荣耀，陈村人千百年来如爱惜自己的眼晴一样爱惜率水。今天，在陈村的城门过道里，还可看见一块嵌于石条中的石碑，上书"奉宪禁碑"四个大字，下面则是密密的小字。这是一块立于清朝乾隆五十八年（1793年）丑月的告示牌，"宪"，指国家的法令法规，无疑，这碑上的禁令是具有法律效力的。两百多年的风霜磨平了碑上的大部分文字，但仔细辨认，还可看到"禁止在税河内任意取鱼、赤身、跣足、叫喊、居民妇女不便……"等字样。率水流经陈村这一段河流在清朝亦被称为税河，这明白不过地说明河运是由官方管理的。禁碑上严格规定禁止在河内任意捕鱼，不得赤膊、光脚，不许大声叫喊，可见陈村人对这条河的珍爱已经到了敬畏的程度，"禁止叫喊"，是怕粗鲁的声音惊醒了率水蓝色的梦吧。

※ 站在陈村，便知天下最美的河流就是率水

陈村的建筑更是反映出陈村人的富足和文明程度，典雅而气派的徽派建筑在陈村得到最完美的体现。在碧水两边，鳞次栉比的粉墙黛瓦高低错落，连成一片，据说，下雨天穿布鞋走一圈村子，居然鞋还是干的。房子雕梁画栋，却不繁复。陈村的许多古旧故事，至今还藏在这些老房子里，等着人们去勾留。

这个村子有气象

璜茅，由新市街、前边店、官铺街、桐子下、塔坑、双河口、上汰、陈家、打铁坞、黄家、余家、水碓湾、燕窝、原口亭、十步涧、剪人脚、东边水碓、璜茅坦十八处小村落构成。它位于休宁县南端，居皖、浙、赣三省的交界处。虽处于大山之中，但自古以来，便是三省交通必经之地，颇有一点名声。加上十八个或大或小的村庄盘踞一处处领地，整合起来的大璜茅还有一点睥睨一切的气势。独特的地理位置和众多的村落群体，使得这里的人胸襟开阔、桀骜不驯。璜茅人天生就有幽默乐观的脾性，更使得村庄愈发充满勃勃生机。

南边河和北边河是穿越村庄的两条河流。北边河发源于著名的

※ 白云生处有人家

"水流三州"之西北坡，从白石坑蜿蜒跌宕的溪涧挣脱而出，经过东边大片的良田，到达陈家的水牛潭，与发源于婺源里塔坑的南边河相汇集。在短暂的歇息之后，河水流出璜茅，沿华溪呼啸而下，在龙湾注入率水，直奔新安江而去。

南边河和北边河一撇一捺，宛如天外来人在璜茅的山谷中写下一个遒劲的人字。

十八处村落皆沿河而居，青幽幽的河水倒映着各处的房屋和景致，自有妙处不同。且不说水碓湾的水车咿呀、景色古朴，也不说双河口的树木参天、花团锦簇，单是小小的燕窝，三五户人家依偎在水边的山包里，几株古树、几柱炊烟、几角或隐或现的飞檐，意味深长的国画风韵，便叫人流连忘返。

璜茅村的纵向分布是南边河和北边河。横向布局是以河流为轴线，河流之东与河流之西，河流东、西两边景色迥异，风格殊为不同。西边属阴，崇山峻岭，茂林修竹，像是冷美人；东边属阳，地势开阔，远山雄壮，分明是壮男子。最让人称奇的是，东边和西边的岩壁，甚至石头，也是两种截然不同的颜色，一白一黑，相映成趣。西边的石壁、石头全为黑色、墨绿色的花岗岩；东边的石壁、石头则是白色晶莹的石英石矿。

璜茅人说，西边的石林之美之奇，丝毫不逊于黄山奇峰。西边的这一处地方叫仙人房，无数墨绿色的花岗岩石峰雄壮地布列着，有的像破土的春笋，有的如锐利的剑戟，它们以各种昂扬的姿态直指苍穹，以一种傲然的姿态俯视众生。在野风拂过的山峰上，在旷野无边的寂寞里，这一种凝然的美丽是如此动人心魄。仙人房其实是一间天然的石头

※ 1968 年 5 月，休宁县委委员、川湖公社万全大队民兵指导员查耀祖（左二）在工地上劳动场面

房，由几块巨石堆成。从小小的石门进去，里边是偌大的温暖空间，随意放置了石桌、石椅、石床。最妙的是石床下有一条泉水的通道，潺潺的流水给石屋注入生机。不知道仙人安卧其上时，流水给了他怎样的安慰。璜茅的樵夫只知道，在石屋里歇上一歇，便是天大的享受。

西边的石头带给人以美感，为璜茅人提供了奇异的风景，而东边的石头则为璜茅带来了财富。

四乡的村子都很羡慕璜茅，这里石头也能卖钱。东边的白石坑其实是一座石英石矿山，整面石壁、整座山都是白色的。在阳光照射下，白色的石英石闪烁着七彩炫光，四周巍巍青山环绕，白石坑

仿佛童话下的神山。石英石矿是玻璃制造和冶金建筑的重要材料，是开发利用价值极高的矿藏。但自古以来，璜茅人一直把白石坑当作神秘的景观，敬畏有加。只是到了二十世纪七十年代，白石坑才得以开发，这白色的宝贝现出自己的身价。上天赐给璜茅一座金山。

在璜茅坦往北不远的秤架底，也有璜茅一大奇观。秤架底的"家底"是竹子，满山满坡青翠的竹林，有人说，这里是璜茅的"肺"，璜茅最清新、最甘甜的空气来自秤架底的竹林。在竹林深处，有一块面积很大的平整草地，石人、石马、石狗、石羊，它们在这里沉默地待着。这些石雕，大小如真物，刀法细腻流畅，表情生动而逼真，愤怒的武士、儒雅的官员、奋蹄的骏马、温顺的山羊……它们在这

※巷口的笑声

一片草地随意散落着，像是正在排演一出舞台剧的休息时候，虽然已退出各自的位置，但还带着角色的表情。在夕阳的余晖里，竹林的绿色涛声为石人、石马们提供了巨大背景，像是历史某一瞬间的定格。秤架底这些栩栩如生的雕像，让人有一些怅然。

关于秤架底有几种说法。有的说这儿埋着明代一位武士，他的头在战斗中被砍，皇帝特赐他金头安葬，这些石人石像是为武士守灵的。有的说，秤架底在明初就是一座大寺庙，后遭火焚，遗留下这些烧不了的石像。还有的说这是天外来客携来的，见秤架底竹林青翠美丽，便留下雕像以备下次来寻。感性的璜茅人不太愿意死记历史，这些石雕为他们提供了不同的想象空间，历史会变得更加丰富和可爱。

璜茅在明清时期寺庙众多，香火旺盛，但并不代表璜茅人有多么迷信。事实上，璜茅人并不怎么敬畏鬼神，他们也很少匍匐在神像面前。那时候的寺庙有点像现在招商引资的硬件，璜茅的寺庙是要引来八方香客，所以，历史上璜茅的名声一直传到江西的婺源和浙江的开化。人们都知道，璜茅有很大的庙宇和很盛的香火，新市街的仲关庙、水碓湾的五猖庙、余家的祈雨庙、黄家山的福增堂……菩萨老爷们跟前跪拜的大多是外乡的信客。

璜茅的中心在双河口，此处三面临水，背倚青山，只三五户人家，粉墙黛瓦，古木参天。村中除了房屋就是一大块平整的场地，临河一带植树种花。在南边河、东边河簇拥的水声里，双河口于热闹中有沉静的美。

双河口的左右各有一座古桥。左边的木桥通往陈家，那里有一棵古老的桂花树，迄今有三百六十多年树龄，树高十四米，冠幅十二米，树势旺盛，枝叶稠密，树姿优美，为陈家人工栽培的祖传古木。

双河口左边的木桥去往新市街，桥头也有一棵大桂花树，深秋季节，它的花香会径直飘进水边的桥亭。桥亭一面临水，一面接楼，靠水一侧设美人靠，专为农人歇息而用。穿过古朴的桥亭，便是璜

※ 村尾

茅最长的街道新市街。新市街店铺林立，过去往婺源、江湾挑担、做买卖的人往往都要在新市街上住上一宿，第二天再经过前边店、官铺街、塔坑，去赶他们辛苦的路程。

从容的江潭

率水是休宁的母亲河。在率水的中上游有三个以潭为名的村庄：冰潭、江潭、月潭。三潭均因河流流转村庄时形成大潭而得名。率水在冰潭汇碜溪、杭溪两条河流后，水量增加，河面宽阔。浩浩荡荡的河水来到江潭突遇两面青山合围，只留窄窄的出水口，两面峭立的青山犹如两扇天然铸就的大闸，将奔流的率水困顿于此，形成一大潭，称为龙深潭。龙深潭水波激滟，河风荡来，碧绿饱满的龙深潭水轻轻拍打着两岸的青山。一路奔波的率水终于也静下心来，在此做短暂的缱绻停留。

龙深潭名副其实，最深处有几十米，且有巨大的漩涡，这里历来被撑船放排的水手视为畏途。

龙深潭的对面便是江潭村，江潭在古时称作龙江。江潭的水路、陆路交通一直很发达，元代曾在这里设置黄竹岭巡检司。

江潭村面对水质清澈、鱼虾满川的龙深潭，背倚秀丽逼人的后低山。后低山上遍植枫树，在沿村庄背后两百多米长的山坡上，几千棵枫树筑起一道坚实的屏障，将山下的村庄小心地呵护。秋天，后低山层林尽染，火红热烈的枫树映红了一方如洗的蓝田，粉墙黛瓦的小巧村落掩映其中，分明是一幅动人心魄的美丽画卷。夜里，山风来了，枫树林万丈枝叶将风轻轻挽住，村庄安详卧睡，但枫林中传来的巨大涛声却清晰可闻，那从密林深处传出的沉稳、绵长的涛声将村庄托在恬美的梦中。

可惜这片古枫树林只存活到二十世纪五十年代，在"大跃进"中被毁殆尽。几人合抱的古枫，历经几百年风霜雨雪，却在一把一把大锯的啃噬下轰然倒下。

江潭村在历史上没有出过叱咤风云的大人物，但外出为官者大都以踏实、纯朴取信于人。

※ 春天里的新鲜蕨菜

吴轸、吴辅、吴士龙是江潭在宋朝出的三位进士。吴轸和吴辅为同胞兄弟。吴轸于宋嘉定七年

（1214 年）考中进士。其弟吴辅相隔六年，在宋嘉定十三年（1220 年）也考中进士。吴辅满腹经纶，办理事务却果断刚毅。他任崇安主簿时，长汀、邵武发生战乱，吴辅督军饷、赈饥民，将这些战乱中最难办的事治理得井井有条。后被擢升为主管两浙的运司幕职，铁腕治理，虎虎有生气，人称"霹雳手"。后来，吴辅官至监察御史兼崇政殿说书，皇帝誉其："问学有经世之具，议论有济世之才。"吴辅首列四疏上奏，均被嘉纳。最终，吴辅还是向朝廷告老归乡，在江潭度过晚年，在后低山的枫树林里安妥了自己的灵魂。

吴士龙在幼年时即见识过人，尤喜谈兵布阵、谋略军事，宋淳祐十年（1250 年）以韬略登右科进士，后任淮东兵监之职。吴士龙在位上曾做过一件被千万民众永远感激的大好事。当时淮河一带瘟疫盛行，尸横遍野，惨不忍睹，吴士龙没有躲在衙门的深院里避祸，而是毅然投身疫区，用尽各种方法，拯疗淮河一带军民数以万计。

江潭有"八景"：后山枫红、巴亭仙水、海川东望、塔山古庙、岭月潭云、章村渡口、普济风雨、河中树林。江潭八景没有一点附会的成分，八处景致浓缩了江潭最美丽动人的风景，像后山枫红、岭月潭云就是江潭背倚的后低山和面对的龙深潭的经典写照。而塔山古庙指的是去村不远塔山上的龙山寺。这是一座庞大的寺院，终年烟火缭绕，香客不断。大殿内有两层，楼上楼下都有菩萨神像，这是少有的寺庙构造，参拜过一楼的菩萨，沿着宽大的木楼梯，上到大雄宝殿的二层，昏暗的光线里，无数佛像的面庞凝固在空气中，别有一种肃穆的气息。

在江潭八景中，最奇妙的要数巴亭仙水。巴田是江潭的一个小村落，离江潭中心村子不远。巴田虽小，却是一处交通的要塞。巴田街曾经繁华一时，在这条街上，每天来往逗留的外乡人要数倍多于当地人，巴田街为他们提供食、住、行、购一切便利。

巴亭仙水就在通往村庄的大路边，在一幢三面围墙的简易老屋里，里面凉气逼人，所谓仙水就在屋中心的池子里。池子用大小一

※ 黄昏时的率水最让人销魂

致的鹅卵石砌成,池水清冽透彻,无一丝杂质。据说这水能替人疗病,因此村人皆称之为"仙水",是江潭的一绝。

"吴楚分源"话樟前

　　樟前,东倚五龙山脉,南通江西婺源,西接流口大连,北抵溪口板桥。徽饶古驿道由此经过,"吴楚分源"在此立碑。数百年来,群山合抱的樟前凭借那些从远方而来又延伸到远方而去的道路,与外界保持着密切的联系。

　　樟前村迤逦数里,沿樟梓河而建。樟梓河的源头来自离樟前十几里的高湖山。海拔千米的高湖山风光绮丽,恰似一颗安放在皖赣两省交界处的明珠。高湖山的山顶却是一块平整的盆地,一潭洁净的湖水静静地躺在盆地中央。湖边建有宏大的寺庙,终年香火缭绕。清朝末期,高湖山上建有学馆,每天清晨,寺院悠扬的钟声在山谷回响,学子们琅琅的读书声在湖边飘荡,高湖山学馆培养出不少真正的读书人。

　　浙岭古驿道是徽饶古驿道的一部分,从溪口往里走,每隔五里

※ 休鹜古道

即有一亭。现存"继志亭"，依然默默守望它身边的古驿道。继志亭一进三开间，坐东朝西，内有望板，亭墙厚有半米，均由青麻石垒砌而成。

过履安桥，行十里，便到达樟前浙岭山。著名的"十八折"古驿道就在这浙岭之上。宽大的青石板整齐地叠排，沿着山势盘旋而上，一阶接一阶，一弯接一弯，经过十八道弯后，才能抵达岭顶。蜿蜒的山道似一条青色的长龙，在青山间扭动爬行，气势壮观，风光无限。

在浙岭脊上，立有一块青石界碑，高 1.7 米，宽 0.73 米，正中镌刻阴纹隶书"吴楚分源"四个大字，系清康熙年间（1662—1722）著名书法家詹奎所题。春秋战国时期，吴楚争雄，浙岭相传为当时吴国和楚国的划界之地。北宋年间，参知政事权邦彦曾路过浙岭，目睹此地景色和地势，留下"巍峨俯吴中，盘结亘楚尾"的诗句。

在"吴楚分源"碑的一侧，便是万善庵。这座建于明代的庵庙二进三开间，庵内有一排青石，镌刻了捐资建庵人的姓名及历次重修的年月。整个庵堂用白麻石砌成，厚重结实，墙体的厚度竟达 0.6

米，更显敦厚无比，仿佛铁了心要同风霜雪雨抗衡到底。庵顶盖陶瓦，金黄的色泽穿越时间的磨砺，今天依然在浙岭上闪烁。

站在浙岭之上，群山尽收眼底，"吴国"和"楚国"的景致一览无余。那条青色的古驿道从樟前盘旋而下，又如一枝响箭，笔直地在山脊上穿过，消失在莽莽群山之中。青山如黛，蓝天无垠，山风荡来，令人有无尽感慨。

在浙岭东面的山坳里，便是樟前村了。樟前村面朝向山，背靠鹤龙山。向山满目青翠，如一幅绿色的屏障。鹤龙山山势平缓，山坡上植有枫树、株树、柏树，均有数百年树龄，这些高大苍劲的古树聚集在山坡上，遮天蔽日，气势非凡。古树上常有松鼠嬉戏其间，

※ 吴楚分源处

鸟群时起时落，鸣叫声从茂密的枝条间响起，一直传达到山脚下的村庄。

樟前最红火的日子要追溯到上世纪初，时为皖赣两省的交通枢纽，商业和服务业达到空前的繁荣。

在樟前足有两华里长的老街上，店铺林立，旗幡招摇，饭店、旅馆、钱庄、肉店、布店、杂货店，一家挨一家，一间接一间，人来人往，好不热闹。光是有字号牌匾的饭店酒楼就有十八家。南来北往的各色生意人汇聚而来，挑盐、挑布、挑日用杂货的脚夫们照例要在樟前歇脚。老街以宽大的胸怀包容一切。樟前就这样，一天又一天，在热闹和繁忙中送走一个个晨昏，在热闹和繁忙中变得愈加富足。

都说樟前人精明，思想开放，脑筋活络。所以，樟前虽然是个能发达的地方，但许多樟前人还是不愿意在山里过活。他们纷纷走出山门，凭着樟前人特有的胆识和智慧闯荡出一条条精彩的人生之路。

起先，樟前人背着茶叶，驾着木排、竹排，沿樟梓河而下，经率水、新安江，到达杭州、南京、上海，开起小小的茶庄、木行，渐渐地生意越做越大。像樟前的王长德、王长英兄弟，开始在杭州开木行，后来竟把生意做到黑龙江，做到东三省。樟前人天生的经商才能被激发出来，王家开木行，汪家做纺织，程家经营百货，叶家办起典当，俱是各行当中的佼佼者。小小的樟前有五十多户人家因为生意发达而举家外迁，他们告别家乡，来到一个更广阔的天地，续写传奇，铸就辉煌。

在诸多外出的樟前人当中，有一个最具光彩的名字——汪松亮。1926年，年仅十二岁的汪松亮跟着姐姐，沿着青石板驿道，走出樟前。七十五年后，即公元2001年，由汪松亮先生的遗孀汪顾亦珍女士捐资三百万元修建的浙岭公路正式开通，安徽休宁和江西婺源两地为此举行了隆重热烈的开通仪式。在由松柏彩旗搭成的迎宾门两旁，高悬着由樟前当地教师撰写的对联："松风万壑响吴越，亮脉一线贯婺休"，这副嵌字联算是樟前人对汪松亮最高的评价和最大的感谢。

1926年的初春，汪松亮到达上海，开始在姐夫办的棉纱纺织厂当学徒。两年后，他靠着姐夫给的微小本钱，摆地摊、

※ 民国期间的"十八折"古驿道

当跑街，一点一点地为日后的辉煌打着根基。在颠沛辛苦的生意场上，汪松亮结识了年轻貌美的富家女儿顾亦珍，从此携手创业。五十年代初，汪松亮与夫人顾亦珍移居香港，合力经营"造寸"裁缝店，成为当时女士时装业的翘楚。汪松亮极善于捕捉和把握商机，并有果断决策的魄力。香港玩具业初始，他便认定"制造玩具业所需之马达必优于玩具的制造"，毅然于1958年创办"德昌电机厂"。经过数十年的艰辛努力，德昌电机厂成为世界上第二大微电机独立制造商，发展成为拥有上万员工的跨国上市公司，1994年成为"恒生指数"的成分股。汪松亮先生凭借电机和服装制造两个行业的骄人业绩，跻身香港第一代工业家之列，在全香港的财富排行榜上，他的名字排在前列。这个从樟前走出的少年，靠着自己的打拼，赢得了巨大的成就。

樟前的水土养育了优秀的儿女，他们为樟前带来了巨大的财富和荣耀。日子如樟梓河的河水汹涌而来、平缓而去，沉静的樟前村在岁月的流水中，永远保持着自己最初的模样。

长丰的日子

清仁宗嘉庆十三年（1808年），休宁溪口长丰人吴信中金榜题名，高中状元，成为清朝开国以来第六十九名状元。当报信的快马驰来，村中荷花塘里的野鸭被惊得飞上天空。吴府张灯结彩，大宴宾客，整个长丰喜庆得如同过年一般。从此，吴信中这个名字就成了长丰的骄傲。于是，长丰有了远近闻名的"翰林第"，更有一块由皇帝亲笔赐题的大匾，上书"翰林及第"四个大字。

吴信中中榜后，被授翰林院修撰，历典河南、广东、湖北乡试。

※ 吴信中匾额

※ 休宁状元吴信中

后来入直南书房，由侍讲学士转侍读学士，一直在皇帝身边，和经史典籍打交道。道光皇帝在位时，吴信中坚请归养，年五十六岁时在家中病故。今天长丰还有状元坟的遗址，但那只是一座衣冠冢，真正的状元葬在何处，至今还是一个谜。

明清时期，长丰人才迭出。明神宗万历二十年（1592年）吴用先中进士，他刚毅多谋、勇猛善断，后来任兵部尚书，掌管国家军机大权。明万历三十二年（1604年）吴应琦中进士。他博学多才，为人儒雅，后任太常寺博士。清高宗乾隆三十六年（1771年）吴诏沣中进士。他聪慧善谋，机智过人，后任云南府同知。清乾隆五十八年（1793）吴云又中进士。他心思缜密，气势堂堂，后任河南彰德府知府。

长丰即长久丰收之意，这里四面环山，但山势并不险峻，可以抵挡淫风恶雨的侵袭，却阻隔不了通往山外的路径。山村呈燕窝形，安全而温暖地蜷在山谷之中。长丰的土地很有特点，土壤疏松肥沃，十分适宜农作物的种植生长，就是种下一棵白菜，也比别村的健壮精神。另外，村中有一条人工塝河，可保长丰旱涝无忧。所以，长丰在历史上绝大多数年份里，农业生产均能取得好收成。当地有句俚语："干死汪充，好了长丰。"汪充是邻近的一个村子，和旱涝保收的长丰比起来，它只能充当被揶揄的角色。

长丰人杰地灵。明末清初，它迎来了最鼎盛的时光，各式簇新的厅堂庙宇拔地而起，尚存的上厅、下厅，中村的吴家厅、五房厅，下村的下路厅、友堂厅、慈德厅、汪家祠堂、朱家祠堂、吴家祠堂，还有上村的和尚庙，中村的禹帝庙、吴公庙、水口庙等，都在这一时期建成或重新整修。厅堂庙宇均由青石垒基，杂木为柱，白墙青瓦，巍峨雄壮。村庄因这些传统的徽派风格建筑而显得典雅庄重、富丽堂皇。厅堂内雕梁画栋，精雕细刻，每一处细节都极力描绘和渲染长丰的文化底蕴和富足心态。

在长丰众多的建筑式样中，"五间头"是其中特别的一种。这种建筑不设大门，只开小小一边门。进得门后，所见是长而宽阔的院落，正对院落是一排齐整的房子，每幢房子均开一扇大门。"五间头"房子自有它的绝妙之处。从外面看，它是统一的一处建筑整体，与外界的来往只能通过小小的边门。而在建筑内，却有五间独立的房子，室内天井、厨房居侧。这种既统一又分隔的建筑式样体现了徽派建筑的灵活性与包容性，特别适合大家族居住，既能维护家族的一体团聚，又能避免合居的纠缠纷争，且在防火防盗方面，更有它的可取之处。长丰五间头房屋最多时达五十多间，从这一侧面可以窥见当时长丰大家族的兴旺。

明清时期的长丰有精美的徽派建筑群,村中绿树掩映,清水长流,荷叶飘香,不啻为一处和谐优美的世间乐土。

※ 吴信及第状元

长丰并不坐落在河流之畔。一个村庄没有水，犹如一个人没有明亮的双眸。勤劳聪慧的长丰人依山势，沿村庄的东侧筑起一条长达一千米的人工河，河宽六至八米，用整齐划一的青石条垒砌而成，以人工河渠巧妙地引接来自山间的五股泉水，人称五水合一。河内常年清水漫流，水中又投喂鲤、草、鲫、鲢等各色鱼种。长丰人对小河实行严格的管理，有顽皮孩童往河内扔一小石子，他的家人也要代为受罚。这条精致的河流在村人的呵护下，一尘不染，绮丽迷人。村中妇人在整洁埠头浣衣，清脆的捣衣声和着河面成群鸭子的鸣声，织成长丰最生动的声响。在长仅一千米的河面上，竟建有柿树桥、四桥、上桥、下桥、森桂桥、水碓桥等近十座桥梁，均为单孔石砌拱桥，造型古朴优美。站在桥上，看河中鱼儿穿梭，弄碎水中花草树木倒影。远远近近的石桥依次横卧，仿佛一首乐曲中的若干音节。夜色来临，东月初升，柔柔的月色浸染满河的水声，长丰在这水声中安然入睡。

荷花塘的塘水正是来自人工河。聪明的长丰人在翰林院的门口掘了一口两亩大小的方塘，用过的人工河水通过路基下狭长的进口注入方塘，被称为"五水到塘"。塘内遍植荷花，春夏时节，这里荷叶田田、荷香荡荡，孩子们在荷花边嬉戏，老人们在荷塘边散步，辛劳了一天的农人在黄昏时也踱到荷花塘，抽一袋烟，看一会荷花，解一天的疲乏。村人极珍爱荷花塘。如有人偷摘荷花，就罚他买来金银纸做成的锡包把一张荷叶烧掉。烧一张湿润宽大的荷叶谈何容易。荷花塘为长丰增添了几分妩媚，在每一个新鲜的日子里，荷花塘散发着幽香，陪伴长丰人富足的生活。

长丰的照壁在方圆几十里内颇有名声。荷花塘边的这方照壁是清初经皇帝特许修造的，全长一百多米，檐头盖青瓦，墙体厚实，气势雄浑。长丰人相信，正是这道不寻常的照壁，保住了长丰的风水，

保住了长丰富足的生活。直至二十世纪三十年代，这里的照壁还存在，上写有硕大的蓝字：礼义廉耻。

长丰始建于元朝末年，在七百多年的历史中，这里的寺庙香火旺盛，四乡香客纷纷前来朝拜，香帝庙、吴公庙一年四季香火缭绕，晨钟暮鼓，平添了村庄的凝重与和谐。

每年的农历正月十三，是菩萨出游的日子，也是长丰一年之中最庄重的一天。"汪公大帝"坐在虎皮铺垫的大轿内，由四个赤膊壮汉抬着，在村中巡游，所到之处，鸣锣开道，洋伞蔽日，黄旗招摇。轿帘掀起，"汪公大帝"威仪堂堂，每户人家都出门迎拜，燃放鞭炮，烧纸上香，祈祷来年的平安与吉祥。菩萨出游，从清晨开始，一直持续到夜晚。

长丰岭是长丰通往山外世界的通道，由五千多块青石板一级级垒砌而成，至今犹存。这些清代的石阶仍然以一种踏实齐整的状态为长丰文明的历史作着最好的注脚。明清时期，长丰许多杰出人物携带弟子，离开家门，经过长长的长丰岭，去往汉口、杭州、湖州、上海等地，经商从政，为长丰赢得财富和声望。

长丰源头的石村有三棵古杉树，至今已有七百多年树龄。这三棵由长丰祖宗栽下的杉树，现在依然挺立在村口，虬枝苍劲，四季常青。它们顽强地承受着七百多年的风霜雨雪，守望着长丰，呵护着长丰人。长丰的古树龄长，状元吴信中的"文龄"更长。且不说他的《四元倡和诗》和《玉树楼稿》，单是嘉庆年间以"邑人"身份为客死京都的休宁人满怀深情撰写的《休宁义园碑记》影印件至今还在休宁民间流传，休宁县地方志办公室珍藏了它的复印件。

梓坞的家园手册

梓坞，是徽州宋氏家族的繁衍之地。这个隶属于休宁县西南部板桥乡的偏远村落，在群山的合围之中，数百年来，以一种安详的姿态坦然存在，并精心构制了具有宗族精神与灵魂的一方家园。

梓坞，至今仍有保存完好的《宋氏族谱》。皇皇十五册的《宋氏族谱》，不光记载了宋氏家族世代更迭的历程和它的辉煌历史，而且还记录了宋氏家族的思想和信仰，堪称梓坞的家园手册。其中厚厚的一本为《宋氏宗规》，对族内之人的道德操行、行为举止都作了详尽的规定。《宋氏宗规》，以传统的儒家思想为准则，又糅入梓坞先人们朴素的价值观念和善恶标准，成为深刻影响梓坞人精神世界的家族道德手册。

※ 梓坞祠堂

梓坞人的善良和孝道，一定程度上是族规教诲的结果。"宋氏宗规"里把不孝看作是有悖天理的做法，"人之子方坠地时，便须乳哺，日则保抱携持，宵则推干就湿，一遇疾病，父母昼夜目不交睫。稍长就传，便望成名。受室便望抱子。一生孜孜矻矻，哪一念不为儿孙起见，哪一事不为儿孙费神，所以父母之恩同于昊天罔极，人子而不孝，便为辜负天地矣。"所以，梓坞人孝敬父母、尊敬长辈蔚然成风，民风淳朴由来已久。

《宋氏族谱》是梓坞人的灵魂，梓坞祠堂则是这灵魂的核心建筑。这幢象征祖先和传统、代表权力与荣耀的辉煌建筑自明朝末年就雄峙于村子中心，是宋氏宗族议事聚会和操办婚庆喜事的场所。

梓坞祠堂原先叫梓里敬德堂，是明末思昭公的家庙。思昭公是当时村里的精神领袖，后来，大气的思昭公索性将家庙作为宗族的祠堂，供公众使用。

梓坞祠堂三进五开间，总建筑面积近七百平方米。墙体青灰色，朴素大方。错落有致的山墙采用徽州传统的马头墙形式，门楼照例是精美的砖雕。推开两扇厚重的大门，梓坞的核心便呈现眼前。正中是门厅、天井、享堂、寝楼，两旁则是走廊、厢房、耳房，空荡荡的殿堂里散发着肃穆的气息。从偌大的天井望出去，一方碧蓝深远的天空恰好作了背景。祠堂背后的后山墩上长有两棵红豆杉，一棵高大婆娑、枝繁叶茂，一棵遭雷击后只剩下如剑戟的巨大枝干。它们的背影，凝固在天井的一角，青绿的枝叶和刺向天空的枝干，一刚一柔的组合，给梓坞祠堂以充满沧桑的陪衬。

从大门到后进享堂寝楼，进深四十多米。踩着青石板铺就的地面，梓坞历史的跫音在四壁隐隐回响。一架靠墙的木梯通向后楼，寝楼正中供奉着宋氏祖先的牌位，正中为"新安一世祖护国将军云公"的供牌，宋氏先人们就这样高高在上，相互紧挨着，看到正对的屋瓦经历寒暑春秋，看到正对的向山满目苍茫、生生不息。

梓坞祠堂的建筑风格平实而大气，青石与树木这两种采自自然的材料，构成了和谐帖熨的基调。整座建筑木结构严密，梁架用料硕大，月梁曲线优美，雀替、象鼻、梁托、撑拱等构件无一不是雕刻精美、栩栩如生，充分展现了古徽州建筑的特色与精髓。祠堂内所有木结构均不刷油漆，以显木材自然纹理的精致。

清康熙年间（1662—1722），梓坞人宋德根被赐进士，家道殷富。他生有三子，宋朝淦、宋朝顺、宋朝兆，因为教育有方，后来均功成名就，为官一方。宋氏三兄弟的美名四乡传扬，曾被当时的官府赐赠一块大大的匾额，红底白字，上书"三凤齐鸣"。梓坞祠堂的大门两旁分别列着八方旗杆石，高近一米，一人尚不能合围，这威风凛凛的旗杆石便是为宋德根父子四人而设的，四对旗杆石大小不一，表示官位有所高低。碗口粗的颀长杉木插在旗杆石上，扯起八面鲜艳的大旗，高高飘拂在祠堂的上空。

梓坞的先人最初选择村址，颇费了一番心思。最后，"或取川原之平旷，或取山水之回环"，在樟梓河旁边有了它的第一幢房屋。这里有葱郁的山、碧净的水、畅通的道路，还有平旷的山间小平原，风景秀美，气候宜人，可保五谷丰登、人寿年丰。

从高处看梓坞，村庄雅淡疏朗，堂皇闳丽的梓坞祠堂坐镇中心，粉墙灰瓦，极具徽派风格的民居众星捧月般围绕着它，建筑的布局隐含着宋氏家族的威仪。村中小巷蛛网般纵横，看似杂乱实有章法。古树杂植其间，愈显幽深与安宁。徜徉小巷，感觉不到巷道的逼仄，因为曲径通幽，因为景随位移，因为柳暗花明，这一切让人感受到村庄的流畅和通达。青灰的墙，朗朗的天，古朴的照壁，洁净的石板道，梓坞安详而适意。勤劳的村民在樟梓河两旁劳动，耕耘着自己这方"世外桃源"。

樟梓河在梓坞村还有一条小小的支流，叫里梓源。里梓源从大山的褶皱里流出，很细的一股水，慢慢聚集成小溪，顽强地穿过山谷，汇入樟梓河的怀抱。里梓源一旁，傲然挺立着三棵古松，人称"姐妹松"，均有千年树龄。跨越漫漫千年岁月，这三棵饱经风霜的松树依然苍劲青翠，携手立于清凉的小溪旁。二十多米的高度，两人合抱的树围，雍容大度，气势雄浑，在乡村烟云之中，仿佛是这一

※辞旧迎新

方水土的守护神。

树木养育了梓坞，梓坞人对树木珍爱有加。二十六世启文公被后人称为"宗族之伟人"。他的"先进事迹"除了"尊祖敬宗"之外，便是植树。有一天，他闻知先祖明三公葬在花桥村的墓地所植的梨木被当地豪强砍伐，不禁伤心恸哭。愤怒的启文公为此事与豪强打官司数载，终因对方势力强大而失败。后来，启文公被朝廷看中，走上了为官之道。启文公在事业如日中天时，却坚辞归乡，他放心不下家乡的那些树。回到家后，他修订族法，保护树木，并亲自栽植，数十年如一日，直到故去。

梓坞山水秀美，习称"梓里八景"。

其一为"弓月凝祥"："山头屈曲踞溪南，外闪祥光秀内含，核得残编寻妙句，高吟弓势月初三。"

其二为"文笔凌云"："健领凌云绝浴埃，书中君是不凡才，有时大雨淋漓洒，更取文章笔下来。"

其三为"独石成虹"："想看磊石乃成虹，独石偏能建厥功，绝似夕阳经雨后，长天一带跨江东。"

其四为"钟山夕照"："暮烟收尽鸟投林，静对钟山更赏心，剧爱斜阳微雨后，余霞飞落若流金。"

其五位"湖岳钟灵"："摩天一岳俯群峰，上有平湖隐玉龙，是外人文夸蔚起，本来秀毓更灵钟。"

其六为"屏山耸翠"："几阵清风薄霭收，屏山高耸俯溪流，催晨鸟闹晴光好，苍翠飞来满画楼。"

其七位"中流邛石"："谁将邛石寄中流，上有高丈解识不，法擅周秦凭鲜篆，烟云拥护此千秋。"

其八为"古庙钟声"："巍巍庙颜傍林深，晨起钟声入耳来，最是发人深省处，纷纷聋聩一齐开。"

梓坞，数百年来积淀的文化信念，仿佛还在青山绿水间回荡，让每一个聆听着山村钟声的人，亦"纷纷聋聩一齐开"。

看　水

秋生是我少年时的伙伴。那一年，他的父亲得了一种怪病，辗转多处寻医却不见好转。后来，一位远道而来的江湖医生替他看了病，开出的处方却只有简单的两个字：看水。

于是，这一个忧郁而瘦弱的苦命人便坐在河边桥头的一块大石头上，在一棵老桂花树的庇护下，寂寞而持久地看水。从朝霞满天

※民国期间率水河上的"丝绸之路"

的清晨到倦鸟归巢的黄昏,他黯淡的眸子始终和水作着无言的晤谈。

终于,病还是没能好转,秋生父亲在河边静静地坐了漫长的一个夏季。

当深秋来临时,桂花的馥气在水面飘荡,他便安详地撒手人寰了。

　　这是四十年前发生在璜茅村的一件事情,直到今天,我还在揣度:秋生父亲临死前这一段漫长的时间,到底从水中看到了什么?他眼中的水会是什么样子?在我们眼里,就是这么一条清澈的河流,水面上有时飘一些枯的细小竹叶,河水里有一些自由往来的小鱼,水底是生了青苔的鹅卵石,间或几只鸭子游过,搅了水面的平静,除此,河水只管不停歇地流着,发出哗哗的声响。水是最平常的了,可是,秋生父亲是那样认真而虔诚地看它,永不厌倦。无疑,水是他生命的全部寄托，这柔柔的水无语而亲切地熨帖这颗悲苦的心，一生之中所有美好的回忆，所有动心和愁心的往事，村庄的容貌、亲人的容颜、岁月的痕迹一一在水中重现，离他近在咫尺，却永远不能触摸……

或许，秋生父亲已经从柔弱的水中看到了他想看的一切。或许，那是一位极高明的江湖医生，知道这病无药可救，便用了这么一种方法，叫他彻底地参透死亡，平静地看待生死，完成生命的涅槃。

最初的生命形态便是从水中孕育而来，水是真正的生命之母。当一个人孤独抑郁时，他便要向水边走去寻求安慰。我小学的一位胡老师，现在已退休在家，家中境况极差，妻子多病，两个

※ 二十世纪八十年代拍摄的山泉流水养鱼鱼塘

※ 这条鱼1969年出生，真正的鱼王！

儿子岁数不小，也未成婚，经济负担和精神压力极大，村中也找不到可依赖倾诉的人。于是，村人总见他端个茶杯，去到村尾的小河边，一坐就是两三个小时，就那么喝水看水，消解人生的郁闷和无奈。我想在水声里，胡老师肯定还会听到了校园清脆的铃声，看到一群又一群天真烂漫的学生……

水，到底意味着什么？屈子在泽畔行吟，借湘君和湘夫人之口叙说水的故事；孔子在水边徘徊，发出"逝者如斯夫"的千古浩叹。水，原来象征着流逝，和生命的本质等同。

著名华人音乐家谭盾曾经创作过"水"的交响乐，用许多稀奇古怪的道具跟水接触，模仿出水在不同状态的声响，清脆的、沉闷的、

※ 田园即家园

活泼的、忧伤的，很是别出心裁。但我觉得，谭盾这曲"水"音乐还是取巧的成分多些，它并不能深入水的核心。真正的水是什么？我们都不甚明了，也许只有秋生的父亲最知晓，可惜他已经去另外一个世界了。

养气稽灵山

稽灵山显然是一处养气的地方。"天地合气，万物自生"，对于精神委顿的人，这里是提气提神的好去处；对于豪放自由的人，稽灵山是开阔胸襟、舒畅血脉的佳境。孟子说，"吾善养吾浩然之气"，我们似乎可以循着这句话，走进稽灵山。

屯溪的稽灵山在城市的边缘，但是它以自己深沉丰富的积淀，消解了城市的全部嘈杂之声。芳草萋萋，桃花灼灼，只一步的迈入，我们便可把所有的浮躁和虚荣搁置，潜心于自然的享受和感悟。舒适简约的登山木栅步道是稽灵山的脉络，舒缓地指引我们到达每处风景，文雅开阔的望江亭、质朴明快的听涛亭、古典清丽的稽灵湖、隐逸俊美的稽灵山庄，一切新造的亭、台、楼、阁不动声色，不事张扬，却又得体熨帖，鼓荡人心。我们游稽灵山那天正逢着春日里的一个艳阳天，透明的空气里充满着宽厚的阳光，在稽灵山的怀抱里，香花野草相随，古松竹林相伴，这随意的游走仿佛是体验幸福的一个仪式了。

雄浑挺拔的文昌阁正进行最后的整体精装，眼前的五层楼阁坦呈着油漆前的胎色，像是被金灿灿的夕阳镀了一层土黄的釉。一群年轻的油漆工在阁内工作，我们往上走时，一个小伙子态度激烈地拦住我们，慷慨陈词不许我们上楼。旁边的小伙子们一边善意地哂笑他，一边和我们解释，说他有点神经质，不要理会，只管登楼上去观赏好了。带着愉悦的笑，我们上到文昌阁的最高层，好比从稽灵山的树林中冉冉升起，我们的目光已经提擎我们的心上升到一个无比广阔的空间，从莽莽的松树顶端看过去，城市逶迤壮观地形成一幅巨大的画卷，生机勃勃，气象万千。新安江在城市的边缘随意流过，像是大书法家飘逸的一笔，为城市平添妩媚表情。风鼓荡而来，松树林的涛声似千军万马掩杀过来，阳光晃动，大地灿然，一瞬间，竟叫人血脉贲张。在文昌阁的风中闭目凝神，稽灵山的气场浩荡升腾，整座山呼朋引伴，沉郁间激情四射。朝前看，目力所及的城市风情万种却又充满力量，我知道，更大的气场来自那里。毋庸置疑，这巨大的气场就是时代的气场，它的广博和推进，它的史诗般的脉动和张扬，由不得每个小我的怯懦和退却。

不知为什么，我站立在文昌阁的浩然风景里，却想起阁内那群年轻的油漆工人，他们表露的专业和勤劳，他们传达的友善和豁达，让我觉得，或许真正的稽灵山气场是来自这些淳朴的劳动者。而那位稍稍有点神经质的小伙子，他那么激烈地不让我们上来，可能在某种程度，他已经把文昌阁当成了自己的宝，不允许外来者的肆意侵扰。—— 一并向他们表示敬意。

我们继续在稽灵山上行走，突然发现山上的树很特别，无论古松还是枫香，或者枹栎、香樟，它们都直直地向上，很少弯曲委婉之姿，好像一个个积极向上的青年，胸怀大志，意气风发。所以，我们就坐在林间的石凳上，静静地看一会直立的树们，用相机捕获它们不屈不挠的生长姿态。

这时，如果从更高的空中向稽灵山俯瞰，就会看到无数的树木齐心向上的姿态吧。在树的罅隙之中，也会看到我们仰脸的神色，目光或沉醉或清晰，随着树身、树枝、树梢，向上再向上，一直探问到蓝天……